Antoine Ritti

Théorie physiologique de l'hallucination

Antigonos

Antoine Ritti

Théorie physiologique de l'hallucination

Réimpression inchangée de l'édition originale de 1874.

1ère édition 2024 | ISBN: 978-3-38666-368-7

Antigonos Verlag est une marque de Outlook Verlagsgesellschaft mbH.

Verlag (Éditeur): Outlook Verlag GmbH, Zeilweg 44, 60439 Frankfurt, Deutschland
Vertretungsberechtigt (Représentant autorisé): E. Roepke, Zeilweg 44, 60439 Frankfurt, Deutschland
Druck (Imprimerie): Libri Plureos GmbH, Friedensallee 273, 22763 Hamburg, Deutschland

THÉORIE PHYSIOLOGIQUE

DE

L'HALLUCINATION

PAR

Le D' Ant. RITTI,

Ex-interne de l'Asile des aliénés de Fains (Meuse).

PARIS

LIBRAIRIE J.-B. BAILLIÈRE ET FILS,

19, Rue Hautefeuille, près le boulevard Saint-Germain.

1874

AVANT-PROPOS.

Surpris du peu de place que tient en général la physiologie pathologique dans les traités et les mémoires sur l'aliénation mentale, j'ai voulu, dans ce travail, réagir contre cette tendance. La théorie physiologique de l'hallucination, que j'ai l'intention d'exposer avec tous les développements qu'elle mérite et toutes les preuves qu'elle comporte, est due à M. le Dr Luys. C'est dans les ouvrages de cet éminent physiologiste que je l'ai puisée; car, pour me servir de l'expression de Montucla (1), « je ne suis pas assez épris de la « nouveauté pour être plus flatté du mérite d'en- « fanter un système qui me soit propre, que de « celui d'exposer seulement des vérités qui me « paraissent bien établies. »

Ce travail se divise naturellement en quatre parties : dans la première, après avoir défini l'hallucination, nous ferons l'historique des différentes explications qui, dans la suite des temps, ont été données de ce symptôme; la seconde sera consa-

(1) *Histoire des mathématiques*, l. I.

THÉORIE PHYSIOLOGIQUE

DE

L'HALLUCINATION

CHAPITRE PREMIER

DÉFINITION DE L'HALLUCINATION. — HISTORIQUE.

Les erreurs sensorielles sont, avec le délire, les
symptômes les plus caractéristiques de la folie.
Elles se divisent en deux classes : les hallucinations et les illusions.

L'hallucination est un symptôme pathologique
consistant dans la perception de sensations sans
aucun objet extérieur qui les fasse naître. Ainsi,
comme le dit Esquirol (1), « un homme qui a la
« conviction intime d'une sensation actuellement
« perçue, alors que nul objet extérieur propre à
« exciter cette sensation n'est à portée de ses sens,
« est dans un état d'hallucination. »

L'illusion, au contraire, est un trouble sensoriel

____

(1) *Des maladies mentales*, t. I, p. 80.

CONCLUSIONS.

L'hallucination est un symptôme morbide, qui a pour *substratum* anatomique les cellules ganglionnaires des centres de la couche optique. Ces centres, dont le caractère dynamique normal est la réception et l'élaboration des impressions extérieures, peuvent, sous l'influence de causes pathologiques variées, se mettre automatiquement en action. Les produits de l'irritation fictive des cellules de ces centres suivent la même voie que les incitations de leur activité normale et vont s'irradier, par le moyen des fibres blanches cérébrales, dans le réseau des cellules corticales. Celles-ci, mises ainsi en vibration, peuvent produire des séries indéfinies de conceptions délirantes, qui présentent un caractère de systématisation et d'originalité d'autant plus grand, que les cellules corticales elles-mêmes auront conservé plus d'énergie et de vitalité.

L'irritation automatique des cellules ganglionnaires du centre antérieur de la couche optique, irradiée dans les cellules intellectuelles du cerveau, produira donc les hallucinations de l'odorat; — celle des cellules du centre moyen, les

crée à l'étude physiologique de la perception sensorielle, d'où nous déduirons, dans la troisième partie, la théorie physiologique de l'hallucination. Le dernier chapitre, enfin, contiendra toutes les observations anatomo-pathologiques venant à l'appui de la thèse que nous soutenons.

Je ne terminerai pas ce court avant-propos sans exprimer publiquement toute ma sincère reconnaissance à M. le Dr Luys. Les leçons et les conseils, pour ainsi dire journaliers, de ce savant maître, m'ont fait aimer la partie des sciences biologiques qu'il cultive avec tant de succès, et m'ont particulièrement été d'un grand secours dans l'élaboration de ce travail sur les hallucinations.

dans lequel il y a pour point de départ une impression réelle, mais dans lequel cette impression réelle est ensuite transformée par la réaction d'un cerveau en délire. C'est, en un mot, une impression sensible perçue d'une manière vicieuse.

D'après ces définitions, ce qui distingue ces deux symptômes l'un de l'autre, c'est que, dans l'hallucination, les perceptions sensorielles sont créées de toutes pièces par le cerveau malade et n'ont pas besoin, pour se produire, de l'intervention active des organes sensoriels externes ; tandis que, dans l'illusion, il y a une impression externe qui, une fois perçue, se transforme et s'adapte, pour ainsi dire, aux préoccupations délirantes du malade.

Ainsi don Quichotte, prenant des moulins à vent pour des géants à combattre, est affecté d'une illusion ; Luther, au contraire, avait des hallucinations de la vue, de l'ouïe et du toucher, lorsque, comme il le raconte lui-même dans ses mémoires, il recevait la visite du diable, qu'il voyait, avec lequel il avait d'ardentes discussions et qu'il sentait même parfois se pendre à son cou (1).

L'hallucination, avons-nous dit, est un symptôme et non une entité morbide, elle est, en effet, un des éléments sémiologiques de la folie au même titre que la toux est un des symptômes des maladies pulmonaires, ou le vomissement, un élément sémiologique des maladies abdominales.

(1) V. Baillarger. *Mémoire sur les hallucinations*, p. 287.

Ce symptôme est très-fréquent et se présente dans toutes ou presque toutes les formes d'aliénation mentale sous des aspects divers et avec des caractères variés.

Tous les sens peuvent être atteints d'hallucinations et, en les plaçant par ordre de fréquence, on décrit successivement les hallucinations de l'ouïe, de la vue, de la sensibilité générale, du goût et de l'odorat. Comme nous n'avons pas la prétention de faire ici un traité complet de l'hallucination, nous ne décrirons pas avec tous les détails que comporte le sujet, les formes multiples sous lesquelles se présente ce symptôme et qui ont été décrites avec tant de soin par MM. Baillarger, Brierre de Boismont, etc. Nous nous contenterons de rappeler ici que le symptôme hallucinatoire peut atteindre un sens isolé ou envahir simultanément plusieurs sens ou même tous les sens à la fois, que l'hallucination peut être unilatérale, et enfin qu'elle peut avoir lieu malgré l'altération des organes sensoriels externes.

Avant d'aborder le sujet de notre travail, il nous semble intéressant de rechercher dans le cours des siècles les explications qui ont été données du phénomène hallucinatoire, qui, comme nous l'apprend l'histoire, a été connu dès la plus haute antiquité.

HISTORIQUE.

S'il est une loi, aujourd'hui généralement acceptée et qui est solidement établie, soit sur des preuves rationnelles, soit sur des vérifications historiques, c'est celle de la marche progressive de l'esprit humain dans l'acquisition de ses connaissances. Cette loi, due au génie d'Auguste Comte (1), consiste en ce que toutes nos conceptions scientifiques, toutes les branches de nos connaissances passent successivement par trois états théoriques différents : le premier, qu'on appelle l'état théologique, dans lequel l'esprit humain se représente les phénomènes comme produits par l'action directe d'agents surnaturels plus ou moins nombreux ; le second, ou état métaphysique, dans lequel les agents surnaturels sont remplacés par des forces abstraites ou entités ; le troisième, enfin, qui est l'état scientifique ou positif, dans lequel l'esprit humain s'attache uniquement à découvrir, par l'usage bien combiné du raisonnement et de l'observation, les lois effectives des phénomènes naturels, c'est-à-dire leurs relations invariables de succession et de similitude.

Cette loi de l'évolution de l'esprit humain, qui trouve sa vérification dans l'histoire générale des sciences, peut s'appliquer aux conceptions diverses par lesquelles on a cherché, dans la suite des temps, à expliquer l'hallucination. Toutes les théories qui ont été émises pour l'explication de ce phénomène peuvent, en effet, se ramener à trois types principaux correspondant aux trois états théoriques énoncés plus haut. Nous allons les passer rapidement en revue.

(1) *Cours de philosophie positive.*

1° *Période théologique.* — Dans ce mode de penser, les phénomènes naturels, avons-nous dit, sont considérés comme produits par des agents surnaturels, qui changent de noms suivant les idées sociales ou religieuses ambiantes. C'est ainsi que, dans l'antiquité, à l'époque où le polythéisme était la religion dominante, où la production de tout phénomène était considérée comme soumise à la volonté d'un dieu quelconque, l'hallucination était regardée comme le résultat de l'action d'un génie bon ou mauvais, qui se manifestait sous des formes diverses. L'exemple le **plus frappant** de ce genre d'explication est celui de Socrate qui, comme il l'avoue lui-même, avait un génie ou un démon dont il entendait la voix et qui le dirigeait dans ses actions (1).

Quand le monothéisme se substitua au polythéisme, l'explication du phénomène resta la même, il fut toujours rapporté à un être placé en dehors de l'halluciné. Mais nous voyons encore ici l'influence des idées ambiantes. Les hallucinations sont dues à la Divinité, aux anges ou aux démons qui apparaissent aux malades ; c'est l'époque des apparitions, et l'halluciné est considéré par tout le monde comme étant en rapport avec les puissances bienfaisantes ou malfaisantes d'un ordre surnaturel. C'est surtout l'époque de la *démonomanie*, et personne n'ignore l'histoire de « toute cette période de la fin du moyen âge, qui

____

(1) V. Lelut. *Le Démon de Socrate.*

« fut en proie aux sorciers, où le feu des bûchers
« dévora tant de milliers de cerveaux dérangés, et
« où la férocité le disputa à la folie » (1).

2° *Période métaphysique*. — Cependant, grâce à
l'esprit critique qui, à l'époque de la Renaissance,
s'étendit sur toutes les branches du savoir humain,
les hypothèses primordiales sur l'hallucination
furent bientôt abandonnées et remplacées par des
hypothèses plus appropriées. A partir du xvi⁰ siècle, en effet, le délire sensoriel sort peu à peu du
domaine de la théologie pour rentrer dans le domaine de la médecine. Nous voyons alors l'hallucination expliquée par le mouvement des esprits
animaux, qui jouent un grand rôle dans les théories biologiques de l'époque. Ainsi, dans Descartes (2), nous trouvons le passage suivant, qui
peut être considéré comme une théorie de l'hallucination : « Toutes les mêmes choses que l'âme
« aperçoit par l'entremise des nerfs lui peuvent
« aussi être représentées par le *cours fortuit des*
« *esprits*, sans qu'il y ait autre différence, sinon
« que les impressions qui viennent dans le cer-
« veau par les nerfs ont coutume d'être plus vives
« et plus expresses que celles que les esprits y
« excitent..... Ainsi, souvent lorsqu'on dort et
« même quelquefois étant éveillé, on imagine si
« fortement certaines choses qu'on pense les voir

(1) E. Littré. *Médecine et médecins*, p. 87.
(2) *Traité des passions de l'âme*, art. 26.

« devant soi ou les sentir en son corps, bien
« qu'elles n'y soient aucunement..... »

Malebranche, le plus illustre des disciples de
Descartes, est encore plus explicite dans le passage suivant (1) : « Les fibres du cerveau sont
« beaucoup plus agitées par l'impression des ob-
« jets que par le cours des esprits ; et c'est pour
« cela que l'âme est beaucoup plus touchée par les
« objets extérieurs, qu'elle juge comme présents et
« comme capables de lui faire sentir du plaisir ou
« de la douleur, que par le cours des animaux.
« Cependant il arrive quelquefois dans les per-
« sonnes qui ont les esprits animaux fort agités
« par des jeûnes, par des veilles, par quelque
« fièvre chaude ou par quelque passion violente,
« que ces esprits remuent les fibres intérieures de
« leur cerveau avec autant de force que les objets
« extérieurs, de sorte que ces personnes sentent
« ce qu'ils ne devraient qu'imaginer, et croient
« voir devant leurs yeux des objets qui ne sont
« que dans leur imagination. Cela montre bien
« qu'à l'égard de ce qui se passe dans le corps, les
« sens et l'imagination ne diffèrent que du plus
« et du moins. »

Cependant les esprits animaux allaient bientôt
avoir, en physiologie, le même sort que la théorie
des tourbillons en astronomie, mais ne devaient
pas, comme cette dernière, être immédiatement
remplacés par une conception scientifique. L'étude

(1) *Recherche de la vérité*, liv. II, 1re partie, chap. .

des fonctions intellectuelles et affectives, aujour-
d'hui inséparablement liée à celle de tous les autres phénomènes physiologiques, resta encore plus
d'un siècle soumise aux conceptions arbitraires de
la métaphysique et, sous le nom de psychologie,
devint de plus en plus subtile et abstraite. La
subtilité croissante des conceptions métaphysiques tend, en effet, suivant la remarque de M. de
Blignières (1), à réduire de plus en plus les entités
à ne consister qu'en de simples dénominations
abstraites des phénomènes correspondants. Cette
simple dénomination abstraite, nous la trouvons
dans certaines théories qui expliquent le symptôme hallucinatoire par le jeu des facultés de
l'âme et qui sont dues à des médecins aliénistes
trop exclusivement psychologues. On peut en effet
considérer comme des explications métaphysiques
les définitions suivantes : « L'hallucination, dit
« M. Lélut (2), est la transformation de la pensée
« en sensation. » M. Michéa (3), trouvant insuffisante la formule précédente, renchérit et devient
par cela même plus incompréhensible : « L'essence
« de l'hallucination, dit-il, consiste dans la méta-
« morphose de la pensée, non pas en sensation
« ou en perception véritable, mais en un phéno-
« mène intermédiaire à cet état psychologique et
« à l'idée ou à la conception pure. »

(1) *Exposition abrégée de la philosophie positive*, p. 317.
(2) *Le Démon de Socrate*, p. 237.
(3) *Des hallucinations*, etc., in Mémoires de l'Acad. de médecine, t. XII, p. 243.

3° *Période scientifique ou positive.* — L'étude clinique des maladies mentales, inaugurée en France par Pinel et Esquirol, se borna d'abord à l'observation attentive des symptômes de la folie qui, par leurs associations diverses, constituent les différentes maladies aujourd'hui reconnues. Cette méthode, qui exclut l'anatomie et la physiologie, est l'empirisme pur ; mais elle devait logiquement précéder celle qui est suivie aujourd'hui et qui consiste dans l'application à l'étude des maladies mentales du principe scientifique suivant : étant donnée une altération fonctionnelle, trouver l'organe lésé. On comprend de reste que l'application de cette méthode ne pouvait avoir toute son efficacité que lorsque la connaissance de la structure et des fonctions du système nerveux eut elle-même atteint un certain degré de positivité. C'est alors seulement que nous voyons apparaître les premiers essais de localisation du symptôme que nous étudions ; depuis lors aussi de nombreuses opinions ont été présentées pour la solution de ce problème, qui peuvent toutes trouver place dans une des trois catégories suivantes. La première de ces catégories localise l'hallucination dans la portion *périphérique* du système nerveux ; la seconde considère ce symptôme comme le résultat de l'irritation morbide des cellules de la couche corticale du cerveau ; la troisième, enfin, comprend tous les pathologistes qui placent le siége de l'hallucination au sein des portions intermédiaires aux organes des sens et au foyer de perception. Nous allons passer successivement en revue ces différentes théories et présenter les diverses objections qui peuvent leur être faites.

Parmi les auteurs qui localisent l'hallucination dans la portion périphérique du système nerveux, les uns ont voulu voir dans ce phénomène une irritation spéciale de l'organe sensoriel externe, comme Félix Plater, Sauvages, Darwin. Le physyologiste allemand, Muller (1), rattache les hallucinations de la vue à une irritation de la rétine et les compare aux persistances des impressions sur cette membrane nerveuse. Il conclut son argumentation par la formule suivante : « Tous ces phénomènes paraissent résulter d'une réciprocité d'action entre le *sensorium* et la rétine. »

D'autres pathologistes ont supposé que l'hallucination est due à l'excitation du nerf chargé de conduire l'impression au cerveau. Mais peut-on logiquement admettre, connaissant la physiologie générale des nerfs, qui ne sont que les agents de transmission des impressions, que leur irritation, due à un travail pathologique quelconque, puisse produire des impressions morbides aussi nettes que celles perçues par les hallucinés ?

A ces diverses théories, nous ne pouvons mieux faire que d'opposer les objections péremptoires

____

(1) *Manuel de physiologie*, 2ᵉ édition, revue par E. Littré, p. 546.

qui leur ont été faites par M. Baillarger (1) et qui
sont au nombre de trois.

« *Première objection.* — Dans beaucoup de cas,
« les organes des sens sont excités par des in-
« flammations, par des causes mécaniques, comme
« des coups, des pressions, l'action du galva-
« nisme, etc. — Or, ces excitations provoquent
« pour l'œil des bluettes lumineuses, des taches,
« des anneaux colorés, et pour l'oreille des bour-
« donnements, des sifflements ; mais elles n'amè-
« nent point la reproduction de formes vivantes,
« ni de discours suivis ; et, par conséquent, pas de
« véritables hallucinations.....

« *Deuxième objection.* — Dans l'opinion que
« j'examine ici, les rapports des hallucinations de
« plusieurs sens sont impossibles à expliquer. Un
« aliéné voit le diable et, en même temps, il en-
« tend sa voix et sent une odeur de soufre. Or,
« comment concevoir que les nerfs optique, acous-
« tique et olfactif, excités isolément, aient ré-
« veillé dans l'encéphale des sensations qui ont
« entre elles des rapports si étroits ? Non-seule-
« ment cet accord, résultat du hasard, est impos-
« sible à comprendre, mais on ne pourrait pas
« même expliquer celui des deux nerfs acousti-
« ques entre eux. Pourquoi, en effet, ces deux
« nerfs, excités séparément, ne réveilleraient-ils
« pas des sensations différentes. »

(1) *Mémoire sur les hallucinations*, p. 465 et suiv.

« Ainsi, au lieu de ces rapports, de cette suite
« qu'on retrouve à chaque instant dans les hallu-
« cinations de plusieurs sens, on devrait, au con-
« traire observer une complète incohérence.

« *Troisième objection.* — On sait que les hallu-
« cinations reflètent pour ainsi dire les idées
« dominantes. Ainsi elles annoncent des malheurs
« au mélancolique, et promettent la fortune et
« les honneurs au monomane ambitieux, etc. Or,
« ces rapports des fausses perceptions sensorielles
« et des préoccupations des malades sont impos-
« sibles à expliquer dans l'hypothèse que nous
« examinons. Il n'y a pas de raison, pour que,
« dans la monomanie religieuse, ce soient plutôt
« des personnages religieux que des arbres ou des
« maisons qui apparaissent à l'halluciné. Pour-
« quoi, en effet, les ébranlements spontanés des
« nerfs optiques réveilleraient-ils plutôt l'image
« d'un ange que celle d'une plante, par exemple ? »
Comment, en outre, à l'aide de ces théories,
rendre compte des hallucinations qu'on rencontre
fréquemment chez des malades dont les organes
extérieurs et les nerfs qui en émanent sont pro-
fondément altérés; par exemple, les hallucinations
de la vue ou de l'ouïe que l'on constate souvent
chez les aveugles ou les sourds ? Il existe aussi une
espèce bizarre d'hallucinations, inexplicable par
l'hypothèse que nous combattons. On sait que
certains amputés souffrent encore par moments
dans les membres qu'on leur a enlevés; ces souf-

frances, ils les rapportent, non à l'extrémité du moignon, mais au membre amputé lui-même. Faut-il admettre que cette sensation-douleur est due exclusivement à l'irritation de l'extrémité du nerf contenu dans le moignon, ou bien faut-il en voir plutôt la cause dans une irritation centrale qui peut, il est vrai, avoir un point de départ centripète ? Nous inclinons vers cette dernière explication qui nous paraît la plus rationnelle.

Nous avons maintenant à apprécier la théorie qui regarde l'hallucination comme un symptôme exclusivement psychique et la considère comme se rattachant à une modification analogue à celle qui, dans l'état normal, accompagne l'action de l'imagination et de la mémoire. Ces deux facultés étant, d'après une physiologie rationnelle du système nerveux, localisées dans les couches corticales du cerveau, l'hallucination serait dans ce cas un processus morbide de ces régions. Gall est même allé plus loin, il a indiqué la circonvolution, « dont le développement considérable entraîne très-probablement la disposition aux visions, » et la place « entre les circonvolutions qui constituent le talent poétique, et celles qui forment celui de la mimique » (1). Mais ces hypothèses sont aussi insuffisantes que les précédentes et nous n'hésitons pas à les repousser. « Jamais, « comme dit avec raison Marcé (2), la représenta-

(1) *Sur les fonctions du cerveau*, t. V, p. 346.
(2) *Traité des maladies mentales*, p. 247 et 248.

« tion mentale, même portée à son plus haut degré,
« n'arrivera jusqu'à la production de ces sensations
« extérieures au malade, si nettes, si précises, qui
« constituent la véritable hallucination. Le musi-
« cien qui, en lisant un air, se représente la valeur
« des sons et prend une idée exacte de la musique
« qu'il a sous les yeux, n'arrive à ce résultat que
« par un effort d'imagination ; mais il n'entend
« pas réellement au dehors de lui les sons musi-
« caux comme l'halluciné, il les entend en dedans
« et en esprit seulement. Et, de même, le peintre
« qui a gravé dans sa mémoire les traits du modèle
« qu'il est chargé de reproduire, ne les voit pas
« des yeux du corps comme l'halluciné voit le
« spectre qui se dresse devant lui ; il les voit des
« yeux de l'esprit et mentalement, sans que jamais
« il puisse arriver à se les représenter matérielle-
« ment. » En résumé, cette théorie peut bien rendre
compte de l'élément psychique qui entre dans la
constitution du symptôme hallucinatoire, mais
n'explique nullement l'élément sensoriel.

Nous arrivons enfin à la troisième catégorie de
localisations, celle qui place le siége de l'hallucination au sein des portions intermédiaires aux
organes des sens et au foyer de perception. Foville
est le premier aliéniste qui, en 1829, combattit les
hypothèses considérant les hallucinations comme
le résultat de l'irritation des nerfs sensoriels ou
du travail de l'imagination et qui donna de ce
symptôme l'explication suivante : « Les halluci-

« nations sont liées, dit-il (1), à la lésion des parties
« nerveuses intermédiaires aux organes des sens
« et au centre de perception, ou à l'altération des
« parties cérébrales auxquelles aboutissent ces
« nerfs de sensation. » Seulement, il est regrettable que cet auteur ait dénié à ce phénomène
toute participation des fonctions intellectuelles
et que, dans la suite, il ait voulu rattacher la production des hallucinations à un état pathologique
du cervelet, consistant en « adhérences intimes de
sa couche corticale avec les parties correspondantes
de la pie-mère et de l'arachnoïde. »

Les découvertes qui, depuis Foville, ont été
faites dans le domaine de la physiologie et de la pathologie du système nerveux, ont amené plusieurs
auteurs à accepter la théorie de cet anatomiste,
tout en la complétant et en cherchant surtout à
préciser davantage le siége du phénomène hallucinatoire. C'est ainsi que, en 1854, au congrès des
naturalistes et des médecins allemands tenu à Gœt-
tingue, le Dr Bergmann, de Hildesheim, a émis
sur ce symptôme morbide la théorie suivante,
dont nous empruntons l'analyse à l'ouvrage de
M. Dagonet (2) : « L'hallucination est le résultat
« de l'éréthisme, de l'hyperesthésie de cette partie
« de l'encéphale, où l'organe des sens prend son
« origine, à la région même des parois ventricu-

<hr>

(1) Art. *Aliénation mentale*, in *Dict. de méd. et de chirurg.
pratiques.*

(2) *Traité des maladies mentales*, p. 87. Voy. aussi analyse
faite par M. Renaudin, in *Ann. méd.-psych.*, 1855, t. I, p. 155.

« laires du cerveau qui feraient l'office d'une table
« de résonnance. Les hallucinations de la vue se-
« raient la conséquence de l'irritation spéciale des
« fibres nerveuses qui composent la paroi interne
« du ventricule moyen ; celles de l'ouïe auraient
« pour siége les parois du quatrième ventricule.
« L'éréthisme produit par l'hallucination serait
« transmis des différentes parties du cerveau à la
« région où les nerfs sensitifs prennent racine. »

En 1866, M. Kahlbaum, professeur privé de psychiâtrie à l'Université de Kœnigsberg, publia dans l'*Allgemeine Zeitchrift für Psychiâtrie*, une étude sur le délire des sens (1). Après un examen physiologique de l'activité normale des appareils sensitifs, cet auteur admet, au point de vue du mécanisme physiologique, deux sortes d'hallucinations : les hallucinations centrifuges et les hallucinations centripètes. Les premières, dans lesquelles l'activité sensoriale ne relève pas seulement de l'attention du malade, mais encore d'une certaine volonté de sa part, ont pour point de départ les couches corticales du cerveau, pour de là s'irradier vers la périphérie. Les secondes, au contraire, ont leur siége dans l'*organe situé derrière les racines des nerfs,* dont les excitations morbides donnent lieu à des effets psychiques ayant un caractère objectif. Elles n'affectent dans ce cas qu'un sens, se produisent en dehors de la volonté et en opposition avec les pensées du malade.

(1) V. analyse faite par le Dʳ Hildebrand, in *Ann. méd.-sych.*, année 1868, v. XI, p. 457 et suiv.

Enfin, pour être complet, rappelons qu'un médecin français, M. Audiffrent, dans un ouvrage publié en 1869 (1), rattache avec raison les hallucinations à une irritation des *ganglions sensitifs*, placés dans le cerveau, mais il est regrettable que l'auteur n'indique le siége de ces différents ganglions que d'une façon arbitraire, et sans donner aucune preuve pathologique ou expérimentale à l'appui de ses localisations.

Nous venons d'exposer les différents siéges qu'on a attribués au symptôme hallucinatoire et nous avons montré en même temps que les théories physiologiques qui découlent nécessairement de ces localisations sont impuissantes à expliquer tous les faits ; certaines de ces localisations, et surtout les dernières, approchent, il est vrai, de la vérité, mais ne présentent pas un caractère suffisant d'exactitude. Nous allons à notre tour essayer d'indiquer le siége de ce symptôme et d'en exposer le mécanisme, mais en nous basant sur des principes physiologiques bien établis.

Toute théorie pathologique, pour-être vraie, scientifique et par conséquent capable d'expliquer tous les faits, doit, en effet, être déduite de notions physiologiques exactes, qui ont été soumises au contrôle de toutes les méthodes en usage dans les études biologiques. C'est ainsi qu'une théorie scientifique des bruits du cœur a permis d'expliquer d'une manière rationnelle les bruits anor-

(1) *Du cerveau et de l'innervation*, p. 175.

maux qui, à l'auscultation, s'entendent dans les maladies de cet organe. Nous ne nous arrêterons pas aux services que cette importante découverte a rendus à la pathologie cardiaque, ils sont suffisamment connus.

La complexité plus grande des fonctions du système nerveux rend compte de la multiplicité des théories qui ont encore cours pour l'explication des symptômes des maladies nerveuses et, en particulier, de ceux des maladies mentales. Ce n'est que d'hier, pour ainsi dire, que la psychiatrie est sortie des nuages métaphysiques qui l'obscurcissaient pour naître à la vie scientifique, et c'est aux physiologistes qu'elle doit ce service. Faisant table rase de tout ce que des esprits primesautiers avaient enseigné sur les fonctions du système nerveux, ils se sont appliqués à ne marcher que lentement, guidés par l'observation et l'expérimentation. Sur ce terrain mouvant où leurs prédécesseurs avaient élevé des édifices mal assurés, ils ont creusé avec soin des fondements solides sur lesquels ils commencent à édifier un monument durable qu'achèveront leurs successeurs. Nombreuses sont les questions déjà élucidées ; les faits si complexes de l'innervation ont cessé d'être un mystère impénétrable, grâce aux travaux déjà faits, grâce surtout aux analyses, si délicates et si fécondes en aperçus nouveaux, auxquels M. Luys a soumis la structure et les fonctions du système nerveux cérébro-spinal. Les recherches de cet éminent anatomiste lui ont permis, dès 1865, de démontrer le

rôle important que jouent dans la perception sensorielle les cellules de la couche optique, et d'en
déduire une théorie physiologique de l'hallucination, aujourd'hui acceptée par un grand nombre
de pathologistes et, en particulier, par M. Poincarré, professeur de la Faculté de Nancy, qui l'a
développée dans un de ses cours (1). Cette théorie,
nous allons l'exposer; mais nous consacrerons
auparavant un chapitre à l'étude physiologique
de l'activité normale des appareils sensoriels.

(1) *Leçons sur la physiologie normale et pathologique du système nerveux*, 1873, 6ᵉ et 7ᵉ livraisons.

CHAPITRE II.

THÉORIE POSITIVE DE LA PERCEPTION SENSORIELLE.

Tout appareil sensoriel est composé d'organes divers, intimement unis, et dont l'intégrité est nécessaire au fonctionnement normal de la perception sensorielle. Ces parties constituantes sont, d'abord, un organe sensoriel externe, chargé de recueillir les impressions périphériques; puis un nerf qui, ayant pour fonction de transmettre ces impressions, part de l'organe externe, traverse plusieurs ganglions pour venir se perdre dans les centres de la couche optique, où s'opère la transformation du mouvement matériel de l'impression en mouvement psychique; enfin de ces centres émergent des fibres nerveuses qui vont s'irradier dans la couche corticale du cerveau où les impressions sont perçues.

Nous ne ferons pas ici la description anatomique des divers appareils sensoriels, description inutile d'ailleurs à l'exposition du sujet que nous avons à traiter. Nous nous contenterons de parler avec quelques détails de la couche optique, qui peut être regardée cómme le centre de tous les appareils sensoriels; pour cette description nous ferons de nombreux emprunts aux travaux de M. Luys (1), qui

(1) *Recherches sur le système cérébro-spinal,* 1865; *Iconographie photographique des centres nerveux,* 1873.

a analysé avec le plus grand soin la structure et le fonctionnement de cette partie de l'encéphale.

De la couche optique.— Les couches optiques sont situées au centre même du cerveau (1). Chacune d'elles représente assez bien un ovoïde dirigé dans le sens antéro-postérieur et à grosse extrémité dirigée en arrière. Elle est libre dans toutes ses faces au milieu des cavités cérébrales, excepté en dehors; c'est de cette face externe qu'émanent les fibres blanches qui doivent relier la couche optique aux cellules de la couche corticale du cerveau.

En examinant des coupes faites en différents sens, suivant les procédés de M. Luys, ou les planches photographiées d'après ces coupes, on constate que la couche optique n'est pas constituée par une masse homogène de substance grise, mais qu'elle renferme au contraire une série de petits amas de cette substance, nettement isolés les uns des autres et disposés les uns à la suite des autres dans le sens antéro-postérieur. Ces amas ou noyaux sont au nombre de quatre, placés superficiellement et formant par leurs saillies les principales protubérances que l'on observe à la surface de la couche optique. En se plaçant au point de vue de leur siége et pour ne rien préjuger de leurs destinations physiologiques, on peut les désigner sous la dénomination de centres antérieurs, centres moyens, centres médians et centres postérieurs ;

(1) *Icon. ph.*, pl. 1 et 2.

si, avec M. Luys, on se met au point de vue de la spécificité des fibres sensorielles qui se distribuent dans chacun de ces centres, on peut les désigner sous les noms de centres olfactifs, centres optiques, centres sensitifs et centres acoustiques.

Le volume réel de ces différents centres varie entre celui d'un gros pois et celui d'une noisette. A l'état normal, leur coloration est uniformément rougeâtre et ce n'est que dans les cas pathologiques que l'on constate dans leur masse des décolorations partielles et des taches grisâtres.

Quant à leur structure histologique, elle est à peu près identique : outre une forte proportion de substance amorphe d'une ténacité variable, on y rencontre une grande quantité de cellules nerveuses (cellules perceptives de Schrœder van der Kolk), qui, à l'état frais, mesurent environ $0^{mm},02$ à $0^{mm},03$ de diamètre. Ces cellules sont de forme ovoïde, de coloration jaunâtre, quelquefois pigmentées, pourvues d'un noyau et de prolongements en forme de chevelu.

Chacun de ces centres peut être considéré comme un amas ganglionaire, ayant à l'un de ses pôles des fibres afférentes et à l'autre des fibres efférentes. Nous allons rapidement les décrire l'un après l'autre, en indiquant surtout les rapports qu'a chacun d'eux, d'une part avec les fibres nerveuses émanant de l'appareil sensoriel externe, et d'autre part, avec les cellules de la couche corticale du cerveau.

1. *Centre antérieur*. — Le centre antérieur se présente sous l'aspect d'une légère intumescence bien nettement isolée et faisant saillie au niveau de la région antérieure de chaque couche optique. D'une forme ovoïde, il a à peu près le volume d'un gros pois. « Ses fibres afférentes, suivant M. Luys (1), sont représentées par les fibrilles du tænia semicirculaire qui, plongeant par leur extrémité inférieure dans le ganglion olfactif où se perd la racine externe du nerf de ce nom, se distribuent par leur extrémité supérieure dans le centre antérieur. » Le même auteur ajoute : « La provenance des fibres du tænia, qui servent en quelque sorte de trait d'union entre les ganglions du nerf olfactif d'une part et cet amas central si nettement isolé de substance grise de la couche optique, implique par cela même son rôle physiologique et sa participation à la réception et à l'élaboration des impressions olfactives (2). »

Quant au système de fibres efférentes, c'est-à-dire de fibres rattachant ce centre à la périphérie corticale, il va se perdre dans les cellules grises de la circonvolution de l'hippocampe. Ces connexions ont lieu d'une façon indirecte par l'intermédiaire de la substance grise de la *région centrale* (faisceau de Vicq d'Azir, piliers de la voûte).

2. *Centre moyen*. — Le centre moyen est contigu au précédent, derrière lequel il se trouve

---

(1) *Icon. photogr.*, texte, p. 14.
(2) *Icon. photogr.*, *ibid.*

placé. C'est le plus volumineux des centres de la couche optique ; il fait saillie, sous la forme d'une petite intumescence, à la surface de la région moyenne et interne de la couche optique.

Les fibres afférentes de ce centre semblent provenir des corps genouillés, où viennent se perdre, comme l'on sait, les bandèlettes optiques. Quant aux fibres efférentes, elles vont se distribuer dans la substance corticale des circonvolutions antérieures et externes du cerveau. « Il résulte donc de ces connexions que les impressions optiques sont principalement transmises dans les circonvolutions des régions antérieures et externes du cerveau, et que c'est là qu'elles sont principalement élaborées » (1).

3. *Centre médian*. — Ce centre a été décrit pour la première fois par M. Luys, qui en a en même temps indiqué le véritable rôle physiologique. Situé en arrière du précédent, ce centre ne fait pas saillie comme les autres à la surface de la couche optique, mais en occupe la portion la plus centrale, et par cela même le centre du cerveau. Il se présente sous l'aspect d'une petite masse de substance blanchâtre, sphéroïdale.

Les fibres afférentes de ce centre semblent être de provenances variées, mais paraissent surtout venir des régions sous-jacentes de l'axe spinal. Quant aux fibres efférentes, elles s'irradient dans toutes les directions et mettent ce centre en rela-

(1) Luys, *id.*, p. 15.

tion avec l'ensemble général de toutes les circon volutions. « Si ce centre est bien en rapport avec les impressions de la sensibilité, on peut par conséquent induire de ses rapports multiples avec la périphérie corticale que les impressions de la sensibilité sont disséminées dans tous les points de la substance corticale (1) ».

4. *Centre postérieur*. — Situé en arrière et un peu au-dessus du précédent, le centre postérieur se présente sous forme d'une saillie mamelonnée à la surface de la couche optique. — Ses fibres afférentes semblent provenir des fibres constituant la commissure postérieure, et les fibres afférentes vont se perdre dans les cellules des circonvolutions des régions postérieures du cerveau. « C'est donc dans les circonvolutions postérieures du cerveau que les impressions sensorielles acoustiques sont principalement réparties »(2).

Il faut encore considérer ici la substance grise spéciale, qui tapisse les parois internes de chaque couche optique et qui a reçu le nom de *région centrale grise*. Cette substance qui, dans une certaine partie de son parcours, se confond avec la substance même de chacun des centres auxquels elle sert pour ainsi dire de trait d'union, est en connexion d'une part avec les fibres provenant de toutes les parties de l'économie, et d'autre part avec les couches corticales du cerveau. « C'est par

(1) Luys,*id.*, p. 16.
(2) *Id.*, *ibid.*, p. 16.

son intermédiaire que les divers états dont sont animés les différents segments de l'axe spinal se propagent jusqu'aux circonvolutions, et c'est par elle que les impressions de la vie végétative s'irradient jusqu'aux sphères de l'activité psychique » (1).

Si nous nous sommes si longuement arrêté à la description des différents amas ganglionnaires de la couche optique, c'est qu'ils constituent réellement le point central des divers appareils sensoriels. C'est en effet vers eux que viennent converger les fibres nerveuses qui proviennent des différents organes sensoriels externes, et ils sont en outre le point d'où partent les fibres qui se distribuent dans les diverses régions de la couche corticale du cerveau.

On peut donc, au point de vue anatomique, définir les couches optiques, un amas de centres ou ganglions nerveux conglomérés vers lesquels viennent converger toutes les fibres, tant de la sensibilité spéciale que de la sensibilité générale, et d'où émane un autre système de fibres qui relient ces centres aux différents départements de la périphérie corticale.

(1) Luys, *ibid.*, p. 17. — Rappelons aussi les expériences de Schiff, qui portent ce physiologiste à admettre que les nerfs vasculaires du foie et de l'estomac parcourent le bulbe pour se terminer plus haut. « Une partie d'entre eux, dit-il, paraît se rendre dans la couche optique. » (*Comptes-rendus des séances de l'Académie des sciences*, séance du 15 septembre 1862.)

Quel rôle jouent ces ganglions dans l'ensemble de phénomènes qui ont pour but la perception sensorielle? C'est le point que l'analyse physiologique va nous permettre d'éclaircir.

Les impressions sensorielles, soit qu'elles émanent des plexus de la périphérie sensorielle, soit qu'elles soient irradiées des différents appareils de la vie végétative, traversent la série de ganglions qui se trouvent sur le trajet des différents nerfs sensitifs et y subissent des modifications successives, comme nous l'apprend la physiologie expérimentale. Après avoir été ainsi successivement perfectionnées et épurées, si l'on peut ainsi dire, ces impressions viennent toutes se concentrer dans les cellules ganglionnaires des différents centres de la couche optique. Le noyau antérieur reçoit les impressions olfactives par le tænia semicirculaire ; — le moyen, les impressions optiques ; — le médian, celles de la sensibilité générale ; — le postérieur, les impressions acoustiques, — et enfin la substance grise qui occupe les régions latérales du troisième ventricule et n'est que la suite de l'axe médullaire, est la voie de transmission sympathique des plexus viscéraux. Ces différents noyaux, dont la structure est identique à celle des autres ganglions nerveux de l'organisme, doivent par conséquent aussi jouer un rôle identique. Ils jouent, en effet, comme nous venons de le dire, vis-à-vis des impressions qu'elles reçoivent le rôle de modificateurs ; ils absorbent ces impressions, les travaillent en quelque sorte, en leur faisant

subir une action métabolique « qui, en leur donnant une forme nouvelle, les rend plus perfectionnées et plus assimilables pour les éléments de la
substance corticale où elles vont se répartir » (1).

Les couches optiques, qui sont, comme l'on voit,
le point central où viennent aboutir toutes les impressions, doivent être considérées comme le siége
des perceptions brutes, que quelques physiologistes ont à tort placé dans la protubérance ; c'est
dans les cellules ganglionnaires de ses centres
qu'a lieu la transformation des mouvements sensoriels, c'est-à-dire physiques, en mouvements
nerveux. Aussi peut-on comparer l'ensemble des
cellules qui les constituent comme une véritable
plaque photographique, sur laquelle vient se con-
denser la représentation de toutes les impressions
tant externes que viscérales.

Mais ces impressions, une fois déposées au sein
de la substance grise des couches optiques, ne
sont arrivées qu'à leur avant-dernière étape. Elles
se sont dépouillées, de plus en plus, du caractère
d'ébranlement purement sensoriel et ont revêtu,
en se métamorphosant, une forme nouvelle ; elles
sont devenues *perceptibles*. C'est alors sous cette
forme qu'elles vont s'irradier dans le réseau de
cellules, qui constitue la couche corticale du cerveau.

Cette propagation des impressions sensorielles
dans la substance grise des circonvolutions nous

(1) Luys. *Icon. ph.*, texte, p. 65.

est démontrée par les expériences de physiologie expérimentale, Nous ne rappellerons ici que pour mémoire les travaux si remarquables de Flourens (1). Cet éminent physiologiste enleva, par tranches méthodiques, des portions successives de fibres blanches, avec la substance grise y attenante ; en privant ainsi successivement les animaux, soit d'une partie, soit de la totalité de leurs lobes cérébraux, il leur enleva en même temps, non-seulement la faculté de percevoir les impressions sensorielles, mais encore celle de manifester par une réaction motrice *voulue*, la spontanéité de l'activité cérébrale.

Le chemin que prennent les impressions pour se rendre de la couche optique aux cellules corticales, est formé par ces fibres afférentes des ganglions (fibres blanches du cerveau), dont nous avons décrit plus haut la distribution géographique. De cette description même ressort le fait important de la localisation des différentes espèces d'impressions sensorielles dans divers départements de la couche optique. Les impressions olfactives sont, en effet, disséminées plus particulièrement dans la substance grise de l'hypocampe ; les impressions optiques sont surtout localisées dans les régions antérieures du cerveau ; les acoustiques, dans les circonvolutions postérieures ; celles de la sensibilité générale seules n'ont pas de

(1) *Recherches sur les fonctions du système nerveux*, Paris, 1842.

localisation distincte et sont disséminées dans toutes les régions de la périphérie corticale.

Cette dissémination dans toute la périphérie corticale des impressions de la sensibilité générale a été démontrée expérimentalement par Moritz Schiff. Ce physiologiste (1), dans ses recherches si curieuses et si concluantes *sur l'échauffement des centres nerveux,* a prouvé, par une série d'expériences très-ingénieuses, qu'une impression tactile, partant de l'un des côtés du corps, porte son excitation à la fois dans les deux hémisphères cérébraux. Cette excitation est rendue sensible par la chaleur produite dans toutes les parties de la périphérie corticale et dont l'habile expérimentateur démontre l'existence à l'aide d'appareils thermo-électriques. Une autre série d'expériences, faites par le même auteur, semblent aussi corroborer le siége que nous assignons aux impressions acoustiques.

De même que nous avons résumé plus haut, dans une formule simple, l'ensemble anatomique des appareils sensoriels, nous pouvons maintenant poser l'axiome physiologique suivant, que nous empruntons à M. Luys (2) :

« Toutes les impressions sensorielles, une fois « qu'elles ont été concentrées au sein de la sub-

---

(1) *Recherches sur l'échauffement des nerfs et des centres nerveux,* in *Archives de physiologie normale et pathologique,* années 1869-1870.)

(2) *Rech. sur le syst. nerveux,* p. 346.

« stance grise des couches optiques, sont irradiées
« vers les différentes régions de la périphérie cor-
« ticale. Ce sont les fibres blanches cérébrales qui
« les exportent, et la substance grise des circon-
« volutions qui les reçoit et les élabore. »

De tout ce que nous venons de dire, il résulte
donc que, dans toute perception sensorielle, il
existe deux stades importants : l'un, que je dé-
nommerai exclusivement sensoriel ; l'autre, es-
sentiellement perceptif. Le stade sensoriel a pour
domaine tout le système nerveux centripète jusqu'à la couche optique inclusivement ; cette dernière même représente la limite supérieure du
système nerveux sensoriel. C'est dans les cellules
de ses différents amas ganglionnaires que les impressions odorantes se transforment en odeurs,
que les ondulations lumineuses se dessinent sous
forme d'images, que les ondes sonores se transforment en sons, que les mille impressions,
qu'elles aient lieu sur les surfaces épithéliales
externes ou internes, viennent se photographier,
pour ainsi dire. Le stade perceptif, au contraire,
se produit dans ce réseau inextricable de cellules,
constituant la couche corticale du cerveau et qu'on
a appelées avec raison *cellules intellectuelles*, parce
que, à l'aide des impressions qui leur arrivent des
couches optiques par les fibres blanches cérébrales, elles exécutent ces opérations merveil-
leuses, qui ont pour conséquence la vie intellectuelle et morale de l'individu.

Le rôle important que nous faisons jouer aux couches optiques dans les phénomènes de la perception sensorielle, a été déduit jusqu'ici de leur structure et des relations de leurs divers noyaux avec les différentes catégories de fibres sensorielles. Il nous faut maintenant soumettre cette théorie au contrôle de l'anatomie comparée, de l'anatomie pathologique et de la physiologie expérimentale.

1° *Anatomie comparée.* — L'anatomie comparée ne nous apprend que peu de choses, jusqu'à présent, sur la structure intime des couches optiques dans la série animale. Chez les grands mammifères ainsi que chez les petits, l'existence des couches optiques est un fait constant; toutefois on a remarqué que le développement des centres antérieurs, chez les vertébrés et les rougeurs, est proportionnel au développement des appareils olfactifs. Dans l'encéphale de la taupe, par exemple, le centre antérieur forme à lui seul la presque totalité de la couche optique.

Chez les oiseaux, le volume des couches optiques paraît restreint, comparé à celui de la masse encéphalique prise dans son ensemble, mais est cependant proportionnel à la masse de la substance grise corticale.

Dans l'encéphale des poissons, les couches optiques sont réduites à l'état rudimentaire.

2° *Anatomie pathologique.* — Tous les exemples

de lésions des couches optiques que nous pourrions rapporter, peuvent être classés en deux catégories : dans la première entrent tous les cas
dans lesquels la lésion, ayant successivement en-
vahi les deux couches optiques, a amené successivement aussi l'extinction totale des impressions
sensorielles qu'elles sont chargées de recueillir ;
dans la seconde peuvent se placer toutes les observations dans lesquelles les destructions partielles
de certains départements de la masse des couches
optiques ont été suivies de troubles isolés du côté
des appareils sensoriels.

I. Relativement au premier point, nous trouvons d'abord, dans les annales de la science, l'observation remarquable de Hunter, trop peu connue à notre avis et que, pour cette raison, nous
allons reproduire ici, parce qu'elle est très-con-
cluante (1).

Mademoiselle A...., à l'âge de dix-sept ans, fut atteinte, au
début de l'année 1820, d'une céphalalgie intense ; elle avait
toujours eu une bonne santé et ne connaissait aucune cause
à laquelle elle pût attribuer son mal. En 1821, la douleur de
tète devint plus intense ; elle occupait la tempe droite et ap-
paraissait avec des exacerbations. La malade éprouvait des
vertiges, des syncopes, une *grande frayeur d'objets imaginaires*, de la dureté de l'ouïe et de l'obscurcissement de la
vue. Elle devint myope ; les objets lui paraissaient plus grands
qu'ils n'étaient, et, parfois, elle restait complètement aveugle

. (1) Cette remarquable observation, rédigée par Hunter, est
rapportée dans l'ouvrage de F. Lallemand : *Recherches sur
l'encéphale*, t. II, obs. xii, p. 296. Elle est pareillement repro-
duite par Mackensie, *Maladies des yeux*, traduction Warlo-
mont, t. II, p. 856.

pendant quelques secondes. Elle ressentait de violentes douleurs à l'estomac, des nausées et des vomissements. Elle éprouva successivement, dans les différentes parties du corps, de violentes douleurs qui ne s'accompagnaient d'aucun symptôme d'inflammation extérieure. La santé déclina rapidement par suite de la continuité des vomissements.

Le 31 août de la même année, elle fut prise de convulsions avec strabisme et cris perçants ; elles durèrent environ une demi-heure et furent accompagnées d'une période de stupeur ; la vue se perdit insensiblement, à ce point qu'elle ne pouvait plus distinguer la lumière de l'obscurité ; les pupilles étaient fortement dilatées, mais néanmoins encore un peu sensibles à l'action de la lumière ; la surdité avait aussi beaucoup augmenté ; en même temps la constipation était opiniâtre, les vomissements et les douleurs d'estomac continuels. Peu à peu, à la suite d'attaques convulsives répétées, la vue et l'ouïe furent bientôt complètement perdues, puis il en fut de même de l'odorat ; le goût, s'il existait, était très-imparfait ; elle désirait parfois certains aliments, mais elle se plaignait toujours qu'ils n'avaient pas de saveur.

Ces symptômes persistèrent avec plus ou moins d'intensité jusqu'en février 1823, époque à laquelle, l'estomac rejetant toute espèce de nourriture, les forces de la malade allèrent de plus en plus en s'affaiblissant : les membres étaient demi-fléchis et elle avait à peine la force de les mouvoir ; elle dormait les paupières à demi ouvertes ; les yeux se troublèrent ; il survint à l'œil gauche une ulcération qui détermina l'ulcération et l'opacité de la cornée ; elle n'accusa aucune douleur, et ne s'aperçut même pas que cet œil était affecté ; elle ne pouvait avaler aucune substance nutritive qui ne fût à l'état liquide. La faiblesse allant croissant, elle mourut le 5 octobre 1823, après avoir langui pendant plus de deux années à la suite de la première attaque convulsive, et près de quatre ans depuis le commencement de la céphalalgie.

Autopsie. Les membranes étaient exemptes d'altération, la substance corticale était plus molle que de coutume, il y avait du liquide dans les ventricules, etc. *Les couches optiques étaient un peu augmentées de volume* et irrégulières, elles étaient *entièrement converties* en un tissu fongueux que Hunter, qui a rédigé l'observation, considère comme un fongus hématode, une incision longitudinale, pratiquée suivant l'épaisseur d'une des couches optiques, offrait l'aspect d'un caillot sanguin. Les corps striés n'étaient pas altérés, les nerfs optiques offraient une teinte plus foncée qu'à l'ordinaire, mais leur texture ne semblait pas altérée, etc.

Il nous semble inutile de faire ressortir l'importance de cette observation et l'appui quelle vient apporter à l'explication du rôle que joue la couche optique dans la perception sensorielle. Nous allons citer maintenant une seconde observation qui présente avec la précédente de grandes analogies et offre le même rapport entre les troubles fonctionnels observés et la localisation des lésions cérébrales.

Il s'agit en effet d'un enfant de deux ans, dont les deux yeux étaient amaurotiques et chez lequel l'ouïe paraissait manquer : l'absence du sens du goût était telle, qu'il avalait indifféremment tout ce qu'on lui mettait dans la bouche ; on n'a rien fait pour savoir s'il percevait les odeurs ; les fonctions respiratoires et digestives ne présentaient rien d'anormal. Il succomba à une hydrencéphalie. On constata, à l'autopsie, que le corps calleux, les corps striés et les couches optiques ne formaient plus qu'une seule et même masse homogène, adhérente aux membranes cérébrales ; les nerfs olfactifs étaient mous, les nerfs optiques plus minces que normalement (1).

II. Quant aux observations dans lesquelles les

(1) Observation citée par Treviranus, *Journal complémentaire du Dictionnaire des sciences médicales*, t. XVII, p. 27.

destructions partielles de certains départements de la masse des couches optiques ont amené des troubles isolés du côté des appareils sensoriels, elles sont nombreuses dans les annales de la science et il serait trop long de les rapporter toutes. Nous ferons toutefois observer à leur sujet qu'il est regrettable que dans la plupart d'entre elles, le lieu précis de la lésion ne soit pas indiqué et qu'il est souvent difficile de rattacher cette lésion à tel ou tel centre de la couche optique. Aujourd'hui l'anatomie de cette région est connue dans ses plus minces détails, il faut espérer que les descriptions pathologiques seront faites avec plus de précision et viendront confirmer les déductions physiologiques que nous avons développées plus haut. Quoi qu'il en soit, voici quelques exemples choisis parmi les nombreux faits que la science a enregistrés.

OBSERVATION I. — Faits observés par Serres : « Quand la couche optique, dit cet anatomiste, est détruite dans sa profondeur, la vision n'est perdue que lorsque la désorganisation pénètre au niveau du point de départ de la commissure molle. » (*Anatomie comparée du cerveau*, t. II, p. 707.)

OBS. II. — Homme, 30 ans. Perte complète de la vision. La couche optique gauche est dilatée par une tumeur encéphaloïde du volume d'une petite pomme, s'avançant dans la cavité ventriculaire, après avoir déplacé le septum jusqu'à la couche optique droite. (*Médical Times*, 1850, p. 622.)

OBS. III. — Femme, 27 ans. Vision presque entièrement perdue à droite et affaiblie à gauche. Induration au niveau de la couche optique gauche; à droite petite tumeur avoisinant la couche optique, qui n'est pas, est-il dit, notablement altérée. (Lancereaux, *Mémoire sur l'amaurose*, in *Archives générales de médecine*, 1854, p. 62.)

Obs. IV. — Cécité complète. Deux foyers d'époques différentes dans chaque couche optique. (Obs. d'Ant. Quaglino, rapportée par Lancereaux, *loc. cit.*, p. 202.)

Obs. V. — Abolition de la vision à droite; pupilles peu mobiles. Apoplexie de la couche optique *gauche.* (Cruveilhier, *Anatomie pathologique*, XXXIIe livr., p. 9.)

Obs. VI. — Homme, 50 ans. Hémiplégie du bras droit, perte de la vision du même côté. An cien foyerd ans la couche optique gauche. (Marcé, *Gazette médicale*, 1863, p. 24.)

Obs. VII. — Obtusion de la sensibilité; hémiopie. Deux petits foyers dans la couche optique gauche. (Chaillou, *Société anatomique*, 1863, p. 72.)

Obs. VIII. — Enfant de 3 ans. Hémiplégie du mouvement et de la sensibilité; la vision est pareillement abolie de ce côté. Tubercule comprimant la couche optique droite. (Garnier, *Société anatomique*, 1856, p. 328.)

Obs. IX. — Anesthésie générale et cécité. Cicatrices multiples dans les couches optiques des deux côtés. (Marcé, *Mémoire* cité, obs. 15.)

Obs. X. — Paralysie complète du mouvement et de la sensibilité à droite. Foyer dans la couche optique du côté opposé sur la limite de séparation avec le corps strié. (Cruveilhier, *Anatomie pathologique*, livraison v^e.)

Obs. XI. — Perte de la sensibilité et du mouvement à gauche. Foyers dans la couche optique du côté opposé sur la limite de séparation avec le corps strié. (Id., *ibid.*)

Obs. XII. — Hémiplégie; perte de la sensibilité; dilatation des pupilles. Ramollissement de la couche optique droite. (Andral, *Clinique*, t. V, p. 422.)

Obs. XIII. — Femme hémiplégique à droite. Quand on la pince du côté paralysé, e le dit qu'elle ne sent rien immédiatement; ce n'est qu'au bout de quelques instants qu'elle a la notion du point intéressé; du côté opposé la sensibilité est normale. Ramollissement circonscrit dans la couche optique gauche. (Potain, *Société anatomique*, 1861, p. 139.)

Obs. XIV. — Perte de la sensibilité et du mouvement du côté droit. Tubercule du volume d'une noix, siégeant dans la couche optique gauche (Maisonneuve , *Société anatomique* 1835, p. 39.)

Obs. XV. — Homme, 58 ans. Engourdissement du côté gauche; troubles subjectifs du côté de la sensibilité : les objets semblent *onctueux, gélatineux;* et du côté de la vision, illusions d'optique : il semble au malade qu'il voit une multitude de personnes marchant avec activité; l'ouïe est parfois absente. La partie postérieure de la couche optique gauche est le siége d'une excavation jaune brun; le tissu ambiant est ramolli. (Obs. de Bright, citée par Hillairet, in *Moniteur des sciences*, 1861, p. 391.)

Obs. XVI. — Homme atteint de surdité, puis de cécité subitement. Les couches optiques sont trouvées jaunes et altérées. (Lallemand, *Recherches sur l'encéphale*, t. II, p. 320.)

Obs. XVII. — Femme, 59 ans, aveugle, ayant discontinué de priser depuis quelque temps (probablement par suite de la. disparition des facultés olfactives). Tumeur au devant de la selle turcique *ayant refoulé le plancher du troisième ventricule et pris place dans sa cavité;* les nerfs olfactifs rejetés en dehors sont comprimés seulement et non détruits. (*Archives de médecine*, t. XXVI, 1831, p. 117.)

Obs. XVIII.— Femme, 68 ans, amaurotique; *hallucinations.* Tumeur sous-méningée ayant comprimé le pédoncule cérébral et la couche optique. (Moutard-Martin, *Société anatomique*, 1845, p. 41.)

Obs. XIX. Femme hystérique; insensibilité complète; yeux fixes et immobiles; rigidité cataleptique des membres après les accès pendant trois jours. Hémorrhagie dans le lobe moyen; les deux couches optiques présentent une coloration rouge brun. (Archives de médecine, t. XI, 1846, p. 707.)

Obs. XX. — Homme, soixante-douze ans. Paralysie généralisée du mouvement et du sentiment, plus prononcée du

côté gauche. Très-grande surdité. Foyer de ramollissement.
siégeant à la *partie postérieure de la couche optique droite*, à
la limite de celle-ci et du corps strié. (Laborde, Ramollissement du cerveau, p. 9.)

Obs. XXI. — Homme atteint de paralysie persistante de
la sensibilité dans tout un côté du corps, avec paralysie con-
comitante de la motricité. Foyer occupant exactement l'em-
placement du centre médian dans l'hémisphère opposé au
côté malade, avec propagation de la lésion dans le corps strié.
(Obs. inédite de M. Luys. V. *Iconographie photographique*,
texte, p. 16).

Obs. XXII. — Sourd-muet, mort à l'âge de 43 ans. Dégénérescence amyloïde complète des deux centres postérieurs
et, en outre, atrophie consécutive des fibres convergentes
postérieures qui sont en connexion avec eux. (Obs. inédite de
M. Luys, X. *id.*, p. 17.)

Obs. XXIII. — G..., soixante-dix ans. Absence complète de
l'odorat, du goût et de la vue. Léger ramollissement des nerfs
olfactifs. La couche optique droite est sur un plan notablement moins élevé que la gauche. Modifications dans les
centres olfactifs des lobes sphénoïdaux. Les différents centres
de la couche optique droite sont à peine définis; tandis, en
effet, que les centres postérieur et moyen de la couche optique gauche sont très-nets, ils offrent, à droite, une teinte
jaunâtre uniforme; le centre antérieur est normal à gauche,
tandis qu'à droite, il a une teinte jaunâtre d'une apparence
gélatineuse. Le centre antérieur droit est atrophié, ses cellules sont infiltrées de très-nombreuses granulations jaunâtres,
pigmentaires, et de globules graisseux. Les deux nerfs optiques sont ramollis. (*Obs. inédite communiquée* par M. le doc-
teur Aug. Voisin.)

Obs. XXIV. — D..., quatre-vingts ans. Absence de l'odorat
et du goût. — Le noyau olfactif du lobe sphénoïdal droit à
une teinte gris jaunâtre, traversée par des membranes blanches. A gauche, ce noyau est à peine distinct des parties de
substance blanche qui l'entourent. La couche optique droite
est notablement moins bombée que la gauche à sa partie supérieure, et la saillie qui correspond au noyau olfactif ou an-.

térieur est de moitié moins forte qu'à gauche. La largeur des deux centres antérieurs est la même. Le noyau droit se présente à la coupe avec une teinte jaune pâle. (*Obs. inédite* de M. Aug. Voisin.)

Nous avons vu plus haut qu'il existe une grande solidarité fonctionnelle entre la substance grise de la couche optique et celle de la périphérie corticale. De ce fait il doit résulter logiquement que si ces deux régions nerveuses sont dans un état de subordination physiologique, elles doivent être pareillement associées dans leurs divers états morbides. C'est ce que nous apprend, en effet, l'observation pathologique. Les ouvrages sur les maladies de l'encéphale pourraient nous fournir à ce sujet un grand nombre d'observations qu'il serait trop long de rapporter ici. Bornons-nous à renvoyer aux faits cités par Marcé (1), par M. Calmeil (2) et enfin par M. Laborde, qui, dans un chapitre spécial de son ouvrage sur le *Ramollissement du cerveau*, a fait ressortir, à l'aide de nombreuses nécropsies, la coexistence d'une altération de la structure de la *couche corticale* des circonvolutions du cerveau et d'une altération de même nature des parties centrales, en particulier de la *couche optique* et du corps strié.

3° *Physiologie expérimentale*. — La situation topographique des couches optiques, placées, comme

(1) *Sur la démence sénile.*
(2) *Traité des maladies inflammatoires du cerveau;* Paris, 1859.

on sait, au centre même du cerveau, explique la
difficulté d'atteindre ces organes à ·l'aide des procédés habituels en usage dans la physiologie expérimentale. Le problème a longtemps paru insolu-
ble, quand M. Fournié (1), grâce à une nouvelle
méthode opératoire, est parvenu à injecter, à l'aide
de la seringue de Pravaz, une substance caustique
jusque dans les parties les plus profondes du cerveau, sans amener de grandes lésions dans les parties sus-jacentes. Le liquide injecté est le chlorure
de zinc, coloré en bleu avec de l'aniline; il détruit
les tissus en les durcissant. M. Fournié a fait quarante expériences ; il a produit des lésions dans les
divers départements de l'encéphale. Sept observations concernent les couches optiques ; nous allons
les analyser.

. . Le sentiment a été aboli complètement cinq fois
sur sept, et cette abolition a coïncidé, soit avec la
destruction totale d'une couche optique, soit avec
la destruction des deux.

Une fois, la lésion atteint le point de la couche
optique situé en avant de la commissure grise et
la perte de la vue coïncide avec la destruction de
ce point. Dans un autre cas, nous trouvons la perte
de la vue coïncidant avec la lésion des parois du
troisième ventricule.

Le sens de l'odorat a été aboli avec la lésion de
la partie antérieure des couches optiques (obs. 9).

Le sens de l'ouïe a été détruit avec la lésion du
tiers antérieur des couches optiques ·(obs. 13).

(1) *Recherches expérimentales sur le fonctionnement du cerveau*. Paris, 1873.

CHAPITRE III.

THÉORIE PHYSIOLOGIQUE DE L'HALLUCINATION.

L'hallucination, avons-nous dit, est un symptôme pathologique consistant dans la perception de sensations sans aucun objet qui les fasse naître. D'après cette définition, toute symptomatique, insuffisante par conséquent, puisqu'elle exclut le siége de la lésion, on peut voir que, dans ce symptôme morbide, un des éléments essentiels de la perception sensorielle fait complètement défaut ; les impressions extérieures n'existent pas. L'hallucination est donc un phénomène exclusivement subjectif, en donnant à ce dernier terme le sens de cérébral. C'est donc dans l'excitation d'une des parties cérébrales qui entrent dans la constitution de tout appareil sensoriel qu'il faut chercher la cause de ce phénomène étrange, si fréquent dans les maladies mentales.

Nous avons, dans le chapitre précédent, exposé une théorie positive de la perception sensorielle et nous avons fait appel à toutes les preuves que l'anatomie normale, l'anatomie pathologique et la physiologie expérimentale donnent à l'appui de cette théorie. Nous avons ainsi pu indiquer quelles sont les parties essentielles de tout appareil sensoriel, et par conséquent quelles sont les étapes successives que doit suivre toute impression pour arriver à être perçue. Nous avons surtout fait ressortir le rôle important que jouent, dans la perception sensorielle, les cellules ganglionnaires de la couche optique, disposées en amas distincts, formant les quatre centres de la couche optique. Placées anatomiquement entre l'organe sensoriel externe et l'organe récepteur, qui transforme les sensations en idées, les cellules de ces différents centres sont ébranlées par les impressions du dehors ; elles élaborent ces impressions, souvent y séjournent pendant un certain temps et sont irradiées dans les cellules de la couche corticale où elles sont perçues. La couche optique, en un mot, est l'organe des perceptions brutes ; les impressions peuvent s'y accumuler, mais ne deviennent conscientes que lorsqu'elles vont s'épanouir dans la couche corticale du cerveau.

Ces données physiologiques bien établies, nous pouvons en déduire une théorie positive de l'hallucination, qui, comme l'on sait, n'est qu'une perturbation des fonctions sensorielles.

Dans les conditions physiologiques du fonctionnement intellectuel, les cellules de la couche corticale du cerveau sont, dans l'état de veille, incessamment mises en vibration par des stimulations qui viennent des centres de la couche optique. Ces centres, comme nous l'avons exposé plus haut, sont autant de foyers isolés où les impressions des différents sens sont incessamment accumulées et élaborées. D'où il résulte que les cellules de la sub-

stance corticale du cerveau ne perçoivent que mé-
diatement et par l'intermédiaire des cellules des
centres de la couche optique les incitations extérieures. A l'état anormal, le contraire a lieu. Tout
le mécanisme des facultés intellectuelles et morales
marche alors *spontanément,* comme si le frein qui
modère et dirige ce rouage si compliqué, était brisé.
Aussi un éminent aliéniste, à qui la science doit
tant et de si utiles travaux, M. Baillarger, a-t-il pu
dire avec raison (1) : « Plus j'observe les aliénés,
plus j'acquiers la conviction que c'est dans l'exercice involontaire des facultés qu'il faut chercher le
point de départ de tous les délires. » Cet exercice
involontaire des facultés, il l'appelle *automatisme.*
Cet automatisme des facultés, auquel les progrès de
la physiologie peuvent nous permettre de donner
son véritable nom, — cet automatisme des cellules
cérébrales rend le malade incapable de diriger ses
idées, de fixer son attention. Quand l'excitation
cérébrale est devenue maladive, tout travail intellectuel suivi devient impossible ; alors souvent les
conceptions les plus fantastiques, dues aux vibrations spontanées des cellules du cerveau, agissant
comme tumultueusement les unes sur les autres,
exercent sur le malade un tel empire que le monde
extérieur n'existe, pour ainsi dire, plus pour lui,
ou, si les impressions extérieures arrivent encore
au *sensorium,* elles y subissent le plus souvent des

______

(1) *La théorie de l'automatisme étudiée,* etc., *Ann. médico-
psych.,* 1856, t. II, p. 54.

transformations morbides et y reçoivent un cachet spécial qui est celui des préoccupations du malade. Dans d'autres cas, au contraire, les cellules céré-brales semblent concentrées sur des préoccupations toujours identiques ; elles sont comme *polarisées* vers une idée spéciale, dont rien ne peut les distraire ou vers laquelle elles se retournent aussitôt, lorsqu'a cessé d'agir une influence morale énergique quelconque qui était parvenue à les en distraire pour un instant.

Mais de même que les cellules de la couche corticale du cerveau peuvent, sous l'influence de perturbations circulatoires ou autres, se mettre *spontanément* en activité et produire le délire, l'incohérence et tous les autres symptômes intellectuels de la folie, de même aussi, sous l'influence des mêmes excitations les cellules de la couche optique peuvent se mettre *spontanément* dans le même état d'activité où elles se trouvent, lorsqu'une impression sensorielle réelle vient normalement à les ébranler. Quelles sont alors les conséquences de ces conditions insolites dans lesquelles les éléments propres des ganglions sensoriels de la couche optique se trouvent placés? En nous reportant au dynamisme normal des cellules de ces ganglions, nous voyons que les vibrations qui leur ont été communiquées par les impressions extérieures, s'épanouissent par le système des fibres blanches cérébrales et vont ébranler les cellules de la couche corticale. La même voie est suivie par les vibrations autogéniques des cellules de ces ganglions

« Ces modalités nouvelles de leur activité fictive, dit M. Luys (1), venant à être irradiées vers les cellules de la périphérie corticale, celles-ci, à leur tour, absorbent ces matériaux sensoriels avec indifférence, opèrent *automatiquement* avec eux, comme s'ils étaient une émanation légitime des choses de la réalité, et, propageant à distance les ébranlements qui leur sont ainsi artificiellement communiqués, arrivent de la sorte à créer des conceptions imaginaires qui frappent par leur entraînement et leur ténacité. »

A l'état normal, les objets extérieurs amènent l'irritation des nerfs sensoriels ; dans l'hallucination, au contraire, une excitation interne, celle des ganglions sensoriels, amène des représentations perçues par le malade et qu'il *objective*, comme si une impression extérieure venait irriter le nerf sensoriel. Mais comment expliquer physiologiquement le caractère de ce symptôme, dont la cause réside dans l'encéphale et qui produit des sensations que le malade rapporte à la périphérie ? N'en trouve-t-on pas l'explication dans ce phénomène constituant ce qu'en biologie on a appelé *l'excentricité des sensations.* « Quel que soit le point où le nerf est atteint, la sensation est toujours excentrique : même quand le centre nerveux est atteint, c'est à l'extrémité périphérique du nerf sensitif en rapport avec ce centre que nous localisons la sensation. Les malades frappés d'apoplexie cérébrale

---

(1) *Recherches sur le système nerveux cérébro-spinal.* p. 559.

se plaignent de douleurs périphériques dont la cause est entièrement centrale (1). »

Résumons brièvement les différents phénomènes qui entrent dans la composition du *processus morbide* de l'hallucination :

1° *L'activité spontanée* des cellules de la couche optique; activité provoquée par des causes variées ;

2° *L'irradiation* de cette activité fictive vers les cellules de la substance corticale ;

3° *L'entraînement* consécutif de ces mêmes cellules corticales, qui mettent en œuvre ces matériaux erronés avec la même logique que s'ils étaient réels.

Telles sont les trois données fondamentales dont l'enchaînement réciproque permet de nous rendre rationnellement compte des diverses phases du *processus physiologique* qui mène à la production des diverses formes d'hallucinations. Elles nous expliquent les deux éléments principaux de toute hallucination et la relation de l'un avec l'autre. L'élément sensoriel est dû à l'irritation des cellules ganglionnaires de la couche optique, d'où l'extériorité du phénomène ; l'élément psychique est la conséquence de la vibration consécutive des cellules de la couche corticale. Le dynamisme morbide de ce couple anatomique, uni par les fibres blanches cérébrales, produit le phénomène hallucinatoire.

(2) Mathias Duval. *Cours de physiologie d'après l'enseignement du Dr Küss*, p. 69.

La théorie que nous venons d'exposer nous semble présenter un degré suffisant de généralité pour nous permettre de rendre compte des faits nombreux qui ont été observés dans la clinique des maladies mentales. Elle a en cela un avantage marqué sur les localisations, dont nous avons parlé plus haut et qui laissent toujours en dehors d'elles une série des faits dont elles sont incapables de donner une explication suffisante. Notre théorie, au contraire, tout en rendant compte du mécanisme intime du symptôme hallucinatoire, explique les formes diverses sous lesquelles il peut se présenter. Enumérons ces formes avec des faits à l'appui ; leur explication découlera rationnellement de la théorie exposée.

1. *Persistance des hallucinations, même après la destruction des nerfs sensoriels.* — Les annales de la science contiennent un grand nombre de faits qui démontrent cette persistance des hallucinations même après la destruction des organes sensoriels externes et des nerfs sensoriels ; nous allons en citer quelques-uns.

Esquirol (1) rapporte les observations suivantes :

« J'ai donné des soins, dit cet auteur, à un ancien négociant qui, après une vie très-active, fut frappé de goutte sereine vers l'âge de quarante et un ans. Quelques années après, il devint maniaque ; il était très-agité, parlait à haute voix avec des per-

(1) *Des maladies mentales*, t. I, p. 97.

sonnes qu'il croyait voir et entendre ; il voyait les choses les plus singulières ; souvent ses visions le jetaient dans le plus vif enchantement. »

« Il y avait à la Salpêtrière, en 1816, une Juive, agée de trente-huit ans ; elle était aveugle et maniaque ; néanmoins elle voyait les choses les plus étranges ; elle est morte subitement. J'ai trouvé les deux nerfs optiques atrophiés depuis leur entre-croisement jusqu'à leur entrée dans le globe de l'œil. Certainement, dans ce cas, ajoute l'auteur, la transmission des impressions était impossible.»

« Nous avons en ce moment à la Salpêtrière deux femmes absolument sourdes qui n'ont d'autres délire que celui d'entendre diverses personnes avec qui elles se disputent nuit et jour ; souvent même elles deviennent furieuses. »

Ailleurs, le même auteur parle d'un maniaque devenu aveugle, qui avait des hallucinations de la vue et de l'ouïe, et à l'autopsie duquel il constata les lésions suivantes : « Les nerfs optiques, grisâ-tres, offrent la couleur et la transparence du par-chemin mouillé ; ils sont aplatis et atrophiés ; dé-pouillés du névrilème, ils sont fermes, consis-tants et grisâtres ; cette couleur, cette consistance se poursuivent jusqu'à leur implantation dans les couches optiques ; celles-ci, incisées, n'ont rien de remarquable. » (1)

M. Calmeil rapporte les faits suivants (2) :

« J'ai conservé, dit-il, un volumineux recueil de

(1) *Des maladies mentales*, p. 93.
(2) Art. *Hallucinations* du *Dict. de méd. en 30 vol.*

poésies latines et françaises composées par un ecclésiastique depuis longtemps privé de l'ouïe, qui se figurait écrire sous la dictée de l'archange Saint-Michel. »

« Un médecin, habitué à faire la conversation avec des êtres invisibles, devint sujet à des accès de surdité pendant lesquels il continuait à interroger, à répondre, à rire aux éclats des choses plaisantes qui frappaient son oreille. »

« J'ai constaté par l'autopsie, dit le même auteur, l'atrophie des deux nerfs optiques sur un aliéné qui voyait à sa droite, auprès du mur de sa cellule, des dames charmantes. »

Foville, dans son article *Aliénation mentale* (1), rapporte le fait suivant :

« J'ai trouvé, dit-il, il y a quelques mois, chez une aliénée, tourmentée jusqu'aux derniers moments de sa vie par d'horribles hallucinations de la vue, les nerfs optiques, durs, demi-transparents dans la plus grande partie de leur épaisseur ; à travers cette masse demi-transparente se dessinaient des tractus blancs, très-distincts. »

Bérard a décrit un cas où les nerfs olfactifs étaient détruits et, malgré cela, le malade se plaignait de mauvaises odeurs.

Les observations que nous venons de rapporter et que nous pourrions encore multiplier prouvent, d'une façon péremptoire, que le siége des hallucinations n'est pas dans les extrémités de l'organe

____

(1) *Dict. de méd. et de chirurgie pratiques*, t. I, p. 545.

sensoriel, mais qu'il doit être dans le cerveau lui-.même. Ces faits ne peuvent d'ailleurs s'expliquer que par la persistance de l'état d'intégrité de certains départements de la masse des couches optiques, où viennent aboutir les nerfs sensoriels. On pourra objecter, il est vrai, que le processus pathologique, qui constitue le phénomène de l'hallucination, est dû, dans les observations citées plus haut, au travail morbide qui amène l'atrophie des nerfs. Mais, comme nous l'avons déjà fait remarquer, l'irritation même morbide des nerfs qui ne sont que les agents de transmission des impressions, peut-elle produire des perceptions aussi nettes et aussi précises que celles que nous avons constatées chez les malades des observations précédentes ? Ne pourrait-on pas admettre plutôt que ce travail atrophique a été, pour la production des hallucinations, la cause primordiale et que, par continuité de tissu, il a produit l'irritation des centres de la couche optique où vont se perdre les fibres des nerfs atrophiés ? Nous savons d'ailleurs que la plupart des aliénés qui deviennent sourds, finissent tôt ou tard par être hallucinés de l'ouïe, et que ceux qui deviennent aveugles ont fréquemment des hallucinations de la vue. Le travail pathologique qui, chez ces malades, amène la surdité ou la cécité, est sans doute la cause de production des hallucinations de l'ouïe ou de la vue par l'irritation consécutive des centres moyen ou postérieur de la couche optique.

2. *Manifestation unilatérale de l'hallucination.*
— Le caractère anatomique des organes sensoriels.
étant d'être toujours symétriques, il peut arriver
— et la science en fournit de nombreux exemples
— que l'hallucination ne soit perçue que d'un côté,
en un mot, qu'elle soit unilatérale. Les hallucinations de cette espèce ne peuvent être aisément constatées que dans les sens de la vue, de l'ouïe et du
tact ; la structure anatomique des organes extérieurs de l'odorat et du goût explique la difficulté de s'assurer de l'existence d'hallucinations
unilatérales de ces sens.

Citons quelques exemples :

M. Moreau (de Tours) raconte l'histoire d'une
jeune aliénée qui entendait des voix principalement au moment où elle allait s'endormir, et quelquefois aussi au moment du réveil. Le bruit de
ces voix imaginaires, elle disait l'entendre de l'o-
reille droite seulement (1).

Le même auteur rapporte encore le cas d'un
jeune homme de 30 ans qui était le jouet d'hallucinations nombreuses de l'ouïe exclusivement. Il
entendait des injures, des menaces ; on le tournait
en ridicule, etc. Il entendait ces voix tantôt par
l'oreille droite, tantôt par l'oreille gauche, mais
jamais par les deux à la fois (2).

Marcel Donat raconte l'histoire d'une personne
âgée de 50 ans, qui, depuis une maladie grave,

(1) *Du haschisch et de l'aliénation mentale,* p. 331.
(2) *Ibid.,* p. 354

voyait sans cesse passer devant ses yeux des arai-
gnées, des spectres et des tombeaux. Or ces fausses
perceptions se manifestaient seulement quand on
ouvrait l'œil gauche, le droit restant fermé, tandis
que la vision n'avait plus rien d'étrange dans
l'épreuve opposée.

Maisonneuve (1) rapporte l'observation d'un
jeune homme qui, avant de tomber dans des attaques d'épilepsie, apercevait des roues dentées. Or
cet auteur ajoute : « L'*œil gauche seul* est frappé
de cette illusion, à laquelle se joint un sentiment
d'effroi causé par la vue d'une figure hideuse qui
occupe le centre de la roue. »

Une femme atteinte de monomanie religieuse
percevait par l'*oreille droite* une musique céleste
qui l'exaltait au plus haut degré et qui, comme
elle le disait elle-même, la rendait féroce (2).

Enfin M. Michéa (2) cite le fait suivant, qu'il
emprunte au Dr Broussat : Jean Lairy, en proie à
un accès de fièvre, croyait voir et sentir, accolé au
côté droit de son corps, un homme en tout malade
comme lui.

Tous les faits que nous venons de citer, ainsi
que tous ceux qui rentrent dans la même catégorie, trouvent évidemment leur explication dans la
théorie que nous soutenons. Ces hallucinations
unilatérales sont dues, en effet, à la perturbation

<hr>

(1) *Observations sur l'épilepsie*, p. 295.
(2) Baillarger. *Mémoire sur les hallucinations*, p. 300.
(3) *Du délire des sensations*, p. 107.

fonctionnelle de certains centres de la couche optique d'un seul côté.

3. *Enchaînement successif des hallucinations de divers sens les uns avec les autres.* — La théorie que nous avons exposée rend aussi compte d'une façon rationnelle de l'enchaînement successif et de la combinaison des hallucinations des divers sens les uns avec les autres. Nous avons vu, dans notre premier chapitre, que les différents centres de la couche optique sont anatomiquement contigus les uns aux autres et constituent une véritable agglomération d'amas distincts, de substance grise. On comprend donc qu'un ébranlement morbide, localisé d'abord dans une des régions des couches optiques, puisse se propager insensiblement de proche en proche et envahir successivement les réseaux de cellules des différents centres ambiants. Finalement même, par l'effet de la continuité de tissu, l'irritation morbide peut mettre en vibration tous les centres de la couche optique, même la substance grise centrale affectée à la réception des impressions viscérales.

Ainsi se trouvent expliqués physiologiquement les nombreux exemples que nous fournit la clinique psychiâtrique, de malades dont l'accès hallucinatoire commence par un sens et se continue par l'envahissement successif de tous les autres sens ou de quelques autres seulement. Citons quelques exemples :

L'observation suivante, que nous résumons, est empruntée à M. Lélut (1).

G., vieillard de 65 ans, a pour la première fois, en 1820, un accès d'hallucinations en revenant de Montsouris; il voit huit ou dix hommes qui le suivaient; il les entend chanter et se range pour les laisser passer. Il tombe, et se retrouve dans un corps de garde avec une plaie profonde au-dessus du sourcil gauche. Il croit qu'il a été attaqué par les hommes qu'il a vus et entendus. Après un nouvel accès, qui eut lieu au mois d'août 1827, il entra à Bicêtre, où les fausses perceptions deviennent de plus en plus fortes; elles sont continuelles et ont lieu la nuit comme le jour.

Pendant la nuit, les voix le tiennent éveillé et le menacent. Ces hallucinations de l'ouïe s'accompagnent d'hallucinations de la vue; G..... voit en totalité ou en partie les personnes dont il croit entendre la voix. A ces hallucinations de l'ouïe et de la vue, se joignent des perceptions légères du tact : G... sent ses persécuteurs le toucher, le pousser. Il s'y joint aussi des hallucinations de l'odorat et du goût : l'haleine de ces personnes sent réellement mauvais, dit le malade; elle lui infecte le nez et la bouche, et il est obligé de se rincer cette dernière tous les matins en se levant.

Nous avons là un exemple frappant de l'envahissement successif, et, pour ainsi dire, d'arrière en avant, des différents centres de la couche opti-

(1) *Le Démon de Socrate,* 2ᵉ édit, p. 282.

que par l'ébranlement morbide. L'accès hallucinatoire commence par des voix (centre postérieur);
puis ont lieu des visions (centre moyen), et en
même temps le malade se sent touché par les personnes qu'il aperçoit (centre médian); enfin il sent
leur haleine fétide (centre antérieur).

Dans certains cas, l'irritation morbide reste limitée à deux ou trois centres; les centres moyen
et postérieur sont ceux dont l'excitation simultanée ou successive a lieu le plus fréquemment :
sur 48 cas d'hallucinations ayant atteint plusieurs
sens, M. Michéa a constaté que celles de l'ouïe et
de la vue se sont montrées réunies 27 fois. Nombreuses, en effet, sont les observations d'aliénés
qui, en même temps qu'ils entendent des voix,
aperçoivent les êtres imaginaires qui leur parlent, ou qui, voyant des personnes, entendent
leurs discours.

Quelquefois aussi les hallucinations de la vue
ou de l'ouïe sont combinées avec des hallucinations viscérales, en voici un exemple (1) :

M. B... a mené une existence très-décousue. Il
a été tour à tour artiste peintre, poëte, étudiant
en droit. A la suite de chagrins de famille, il

(1) Il nous semble important de faire remarquer ici com-
bien est fâcheux le pronostic des hallucinations de l'ouïe associées aux hallucinations viscérales. Outre le cas que je cite,
je pourrais en signaler plusieurs autres qui se sont présentés
à mon observation. Dans tous, l'excitation simultanée du
cerveau par des hallucinations de l'ouïe et des hallucinations
internes ont amené rapidement chez les malades le collapsus
de la démence.

tombe dans un état mélancolique avec hallucinations, dont les premiers symptômes remontent au
mois de mai 1873. Quand nous le voyons pour la
première fois, il se plaint vivement à nous de res-
sentir les phénomènes suivants : il entend une
voix qui crie : « Enlevez! », et aussitôt après il
ressent une grande secousse électrique par tout le
corps, son cœur se met à bondir, son estomac se
retourne, le sang reflue vers le cerveau, et tout
cela, dit-il, s'effectue à l'aide d'une machine mys-
térieuse).

Dans cette observation, l'accès hallucinatoire
commence par une hallucination de l'ouïe (centre
postérieur), est suivi d'une sensation traversant
tout le corps (centre médian) et se termine par
des hallucinations viscérales (substance grise centrale.

4° Nous avons déjà indiqué plus haut que cette
théorie donnait une explication rationnelle de la
relation qui existe entre les deux éléments essentiels de toute hallucination. L'élément sensoriel
est la conséquence de l'ébranlement morbide au-
togénique des cellules ganglionnaires de la couche
optique ; l'élément psychique est le résultat de la
vibration consécutive des cellules intellectuelles
de la couche corticale du cerveau. Lorsque les incitations fictives, partant des centres de la couche
optique, rencontrent dans les réseaux de la substance corticale. vers lesquels elles sont irradiées,
des éléments d'une excitabilité anormale, comme

chez les malades affectés d'idées délirantes, ces éléments, réagissant en raison de leur multiplicité et de leurs caractères intrinsèques, produisent, par la combinaison directe de l'élément psychique à l'élément sensoriel, une suite indéfinie de conceptions imaginaires. Les séries d'idées délirantes ainsi produites seront d'autant plus brillantes, elles auront un cachet de systématisation d'autant plus marqué, que les facultés créatrices de l'imagination et de la mémoire auront conservé toute leur verdeur et toute leur énergie, ou, pour parler le langage de la physiologie, que les cellules de la couche corticale auront conservé plus de force et de vitalité. La clinique psychiâtrique nous apprend, en effet, que l'usure cérébrale, le collapsus des cellules cérébrales, qui amène la démence, a pour conséquence aussi la diminution dans l'intensité des hallucinations, qui finissent même par s'évanouir complètement. On comprend du reste que, dans ce cas, indépendamment de l'usure qu'un ébranlement morbide souvent répété, sinon continu, a dû produire dans les centres de la couche optique, les vibrations des cellules de ces centres, si elles se produisent encore, ne rencontrent dans les circonvolutions du cerveau que des éléments nerveux dans leur période régressive et, par conséquent, dans un état d'extinction graduelle mais progressive de tout acte de spontanéité intellectuelle ou de manifestation morale.

CHAPITRE IV.

Jusqu'ici notre rôle s'est borné à déduire, d'un fait physiologique bien établi, l'explication d'un phénomène pathologique. Il nous faut montrer maintenant que la théorie que nous venons de développer, sur le mécanisme physiologique de la production des hallucinations, n'est pas une conception purement spéculative et qu'elle peut s'appuyer sur des faits pathologiques. Mais quand il s'agit d'un phénomène morbide qui, tel que les hallucinations, est souvent transitoire et fugitif et ne doit par conséquent laisser après lui dans le cerveau aucune trace apparente de son passage, quelle peut être l'importance de preuves tirées du domaine de l'anatomie pathologique? Pour répondre à cette question, nous ne pouvons mieux faire que d'emprunter les paroles de notre maître.

« On nous accordera à ce sujet, dit M. Luys (1), « que dans le domaine de l'anatomie patholo- « gique, la contemplation intrinsèque des objets « présents n'est qu'une œuvre stérile, et qu'il est « légitimement permis, remontant du présent au « passé, de conclure, en voyant un fragment de « substance grise, friable, humide, teinté de colo-

(1) *Recherches sur le système nerveux cérébro-spinal,* p. 561.

« rations hématiques plus ou moins accentuées,
« que ce tissu a été, à de différentes époques, le
« siége de fluxions réitérées, et par conséquent
« aussi, d'un certain degré d'exaltation fonction-
« nelle passagère.

« C'est de la sorte, en effet, que nous interpré-
« tons la valeur sémiologique de certains noyaux
« d'hyperémie partielle que nous avons rencon-
« trés dans l'épaisseur des couches optiques de
« plusieurs aliénés, lesquels avaient présenté, à
« une période plus ou moins éloignée, des sym-
« ptômes d'hallucinations, et que nous apprécions
« ces taches et ces divers foyers de ramollisse-
« ment que Calmeil a rencontrés, avec des nuances
« et des colorations si variées, soit dans l'inté-
« rieur, soit au pourtour des couches optiques
« chez des sujets anciennement hallucinés. »

Ces réserves faites, ces explications données,
nous pouvons donc admettre, sans porter atteinte
au véritable esprit scientifique, que les lésions de
la couche optique, trouvées chez des aliénés depuis longtemps atteints d'hallucinations, prouvent
que cette région limitée de la masse encéphalique
n'est pas étrangère à la production de ce symptôme morbide et qu'il y a une relation de cause
à effet.

Une partie des observations que nous allons
citer ont été empruntées à l'ouvrage de M. Calmeil (*Traité des maladies inflammatoires du cerveau* ; Paris, 1859); les autres ont été extraites de
différents recueils scientifiques; enfinnous devons

la communication de quelques-unes d'entre elles à la bienveillante obligeance de M. le Dr Auguste Voisin, médecin de la Salpêtrière.

OBSERVATION I. — Michel, 33 ans. Défaut de sommeil, hallucinations de l'ouïe, vision d'objets fantastiques, accès de terreur, craintes incessantes, conceptions erronées et sensations qui lui font dire qu'on le torture, qu'on le perce avec la pointe d'un couteau, il se croit mort. Il succombe après dix-neuf jours de séquestration. La coloration de la substance corticale varie du rouge au violet, elle est excoriée par place ; la *substance grise des couches optiques* est colorée en violet foncé. (Calmeil, tome I, p. 345.)

OBS. II. — Lucas 42 ans. Mélancolie, hallucination**s** terrifiantes, paralysie générale. Teintes framboisées et nombreuses ponctuations vasculaires au sein de la substance corticale; *les couches optiques sont rouges et injectées.* (Id., p. 349.)

OBS. III. — M. Alfred, 38 ans. Hallucinations de la vue et de l'ouïe, paralysie générale et démence. Les circonvolutions semblent atrophiées, elles sont d'une coloration de jaune rouille ; *les couches optiques sont pareillement rabougries et d'une coloration bistrée.* (Id., p. 358.)

OBS. IV. — M. Marcus, 39 ans. Hallucinations de tous les sens, paralysie générale, démence. Substance cortiale jaunâtre ; *les couches optiques sont de coloration rosée.* (Id., p. 382.)

OBS. V. — M. Gabriel, 36 ans. Délire ambitieux, hallucinations de la vue et de l'ouïe, affaiblissement des facultés intellectuelles, symptômes de paralysie générale. Coloration rougeâtre de la substance grise dans la plupart des circonvolutions ; *les couches optiques sont augmentées de consistance, injectées et colorées en violet.* (Id., p. 402.)

OBS. VI. — L..., 44 ans. Délire aigu, hallucinations de la vue et de l'ouïe, actes déraisonnables. Injection des méninges ; *la substance grise des couches optiques est plus rouge que dans l'état normal.* (Id., p. 216.)

Obs. VII. — M. Sébastien, 40 ans. Excitatation maniaque avec symptômes de paralysie de langue seulement. Hallucinations de la vue et de l'ouïe. Coloration framboisée de la substance corticale. *La substance grise des couches optiques offre une teinte rouge des plus prononcées.* (Id., p. 30.2.)

Obs. VIII. — M. Emile, 67 ans. Epilepsie, excitation maniaque, hallucinations de la vue, démence. Substance grise de couleur rouille; *celle des couches optiques offre les mêmes teintes.* (Id., p. 461.)

Obs. IX. — M. Henry, 65 ans. Cécité, hallucinations variées, paralysie générale. Substance cortiale, de la coloration fleur de mauve; ces teintes sont encore *plus prononcées* dans l'épaisseur des couches optiques. (Id., p. 579.)

Obs. X. — M. Philippe, 42 ans. Délire mélancolique, accès répétés de panophobie nocturne, tenant à des hallucinations diverses. Excoriations et injection de la substance corticale, *couches optiques de coloration rosée.* (Id., p. 645.)

Obs. XI. — M. Antoine, 36 ans. Manie aiguë, puis démence avec hallucinations de l'ouïe. *Ramollissement* de la substance corticale, la *couche optique du côté droit* est ramollie et violacée, celle du côté gauche est presque à l'état normal. (Calmeil, tome II, p. 15.)

Obs. XII. — M. Hilaire, 54 ans, Délire roulant sur la sorcellerie, anciennes hallucinations. *Foyer de ramollissement* situé entre la *couche optique* et le corps strié des deux hémisphères. (Id., p. 380.)

Obs. XIII. Antonio, 55 ans. Hallucinations très-actives, idées fixes, deux attaques d'apoplexie à deux années de distance. Deux foyers hémorrhagiques, l'un récent, l'autre ancien, dans le sillon de séparation de *chaque couche optique* et de chaque corps strié. (Id., p. 486.)

Obs. XIV. — Mlle Sophie, 68 ans. Démence, conceptions délirantes de nature mélancolique. Anciennes hallucinations de l'ouïe. *Ramollissement des deux couches optiques.* (Id., p. 496.)

Obs. XV. — Femme, 68 ans. Amaurotique, hallucinations.

Tumeur sous-méningée ayant comprimé le pédoncule cérébral et la *couche optique*. (Moutard-Martin, Société anatomique, 1845, p. 41.)

Obs. XVI. — Femme, 78 ans. Attaque d'apoplexie avec
perte de connaissance; peu à peu l'intelligence revient, et
l'on aperçoit quelque temps après qu'elle parle d'une manière
incohérente et paraît affectée de nombreuses *hallucinations;*
elle devient démente. On trouve à l'autopsie, le corps strié
et la *couche optique* du côté droit ramollis et pulpeux, le tissu
qui les représentait avait une coloration jaune d'ocre. (*Archives
de médecine*, 1848, t. XVIII, p. 346.)

Obs. XVII. — Un artiste distingué se plaignait, depuis
plusieurs année, de photopsie, à laquelle vinrent se joindre
plus tard des céphalalgies et un affaiblissement de la vue,
qui bientôt s'éteignit complètement. Malgré cela les éblouis-
sements continuèrent nuit et jour, en prenant quelquefois la
forme d'anges armés de glaives flamboyants, qu'ils agitaient
en produisant de véritables lueurs électriques. Toutefois les
formes variaient souvent. Les fonctions psychiques ne paraissaient pas troublées. Attaqué d'apoplexie en 1835, il se
remit de cet accès; seules les hallucinations de la vue revin-
rent avec un éclat plus douloureux et une plus grande persistance. Mort par attaque d'apoplexie. A l'autopsie, on trouve
è ventricule droit rempli d'une multitude d'hydatides de
différentes grosseurs; cette masse en forme de grappe, pre-
nait son origine au plancher du ventricule par une sorte de
pédicule, envoyait dans toute la cavité des ramifications au
point de recouvrir le *thalamus opticus* de ce côté. Les *deux
couches optiques* étaient d'ailleurs changées en boullie, ainsi
que tout le lobe cérébral antérieur, qui tomba pour ainsi dire
en déliquium au toucher. Les nerfs optiques étaient comprimés
par la masse des hydatides et il n'en restait plus qu'une en-
veloppe filiforme (Obs. du Dr Johnson, citée par Romberg,
Lehrberg der Nerven-Krankheitein der Menschen, tome I,
p. 131).

Obs. XVIII. — B..., 45 ans. Alternativement calme et agité,
est incessamment tourmenté par des hallucinations de la vue,
il est épris d'une femme qu'il adore, et avec laquelle il est,

dit-il, en relation journalière ; il la voit, il lui parle, c'est là un fait incontestable, et il fait même souvent sentir à son entourage les effets de sa jalousie. Sauf ces conceptions délirantes qui revenaient alternativement par accès, B... était calme et en général d'un caractère aimable. Il succomba très-rapidement aux accidents d'une congestion pulmonaire et cérébrale. On trouva, à l'autopsie, outre les traces d'une congestion récente très-accusée, portant sur le lobe cérébral gauche, deux petits foyers de tissu nerveux ramolli, du volume d'un pois, et occupant, *dans chaque couche optique*, les régions avoisinant la *commissure grise* (centres moyens). La délicatesse de ces deux régions de substance nerveuse était provoquée par un état hyperémique considérable des réseaux capillaires dont les parois, déchirées çà et là, avaient donné lieu à de petites hémorrhagies moléculaires. (Luys, *Recherches sur le système nerveux*, p. 563.)

Obs. XIX. — B..., 56 ans. Manie chronique avec illusions et hallucinations, s'emporte contre des êtres imaginaires qui parlent, l'insultent et se moquent de lui. Succombe rapidement à une hémorrhagie cérébrale. A l'autopsie, on trouva un caillot entre les membranes et la base de la protubérance et du bulbe s'étendant sur toute la face inférieure du cervelet. Ventricule droit distendu et rempli par un caillot qui avec le sang extravasé pouvait atteindre le volume du poing. *Couche optique* et corps strié imbibés de sang. (Lagardelle, *Rapport médical sur l'asile de Niort*, 1867, p. 45.)

Obs. XX. — A..., 57 ans. Monomanie ambitieuse, idées de persécutions. Illusions pathologiques, hallucinations de l'ouïe. Mort de congestion cérébrale. Dégénérescence athéromateuse des artères du cerveau, sablé caractéristique, caillot fibrineux de la grosseur d'une noisette dans la *couche optique gauche* commençant à s'enkyster. (*Id.* p. 47.)

Obs. XXI. — J..., 49 ans. Délire théomaniaque avec hallucinations de la vue et de l'ouïe, violences, idées de grandeur, il est dieu, roi, gouverneur. Mort d'une affection cardiaque. Petit caillot fibrineux enkysté entre la *couche optique* et le corps strié gauche, substance cérébrale ramollie autour du foyer. (*Id.* p. 48.)

Obs. XXII. — G..., 54 ans Idées de persécutions, illusions sur les personnes, hallucinations de l'ouïe, hallucinations internes. Elle dit qu'elle est morte et refuse de manger, puis elle a vu Dieu, la sainte Vierge. A l'autopsie, anémie cérébrale, ramollissement généralisé de la substance grise de l'hémisphère droit plus remarquable vers le lobe antérieur. *Couche optique droite* ramollie. (*Id.*, p. 48.)

Obs. XXII. — Femme D..., 46 ans. Monomanie ancienne avec hallucinations de tous les sens. Hyperémie du cerveau, *couches optiques ramollies*. (*Id.*, p. 49.)

Obs. XXIII. — La fille R..., 38 ans. Paralysie générale, illusions pathologiques, hallucinations de l'ouïe. Adhérences des méninges à la subtance corticale, ramollissement de cette dernière ; cicatrice dans la substance blanche de la *couche optique gauche*. (*Id.*, p. 54.)

Obs. XXIV. — V..., 62 ans. Folie épileptique ancienne, excès alcooliques. Hallucinations de la vue et de l'ouïe incessantes. Mort à la suite d'une attaque de *delirium tremens* suraiguë. Hyperémie générale de l'encéphale ; les *couches optiques* participent à cette congestion : leur substance grise, ferme, est d'une couleur foncée, sans aucune trace de ramollissement. (*Id.*, p. 57.)|

Obs. XXV. — La nommée L..., âgée de 41 ans, entrée le 30 janvier 1867, dans l'hospice de la Salpétrière, service de M. le Dr Aug. Voisin. Dès 1865, hallucinations de la vue. Aliénation partielle ; par moments, excitation. Hallucinations injurieuses de la vue et de l'ouïe ; on lui fait du mal, on lui en veut. Hallucinations génitales, dont elle se plaint baucoup. Dans les derniers temps, diminution de l'ouïe. Elle succomba, le 17 avril 1869. à une fièvre typhoïde.

Autopsie. — Pas d'épaississements ni d'adhérences des méninges supérieures et latérales. Pas de sérosité sous-arachnoïdienne ; apparence normale des nerfs crâniens, sauf les huitièmes paires, qui sont molles à la partie la plus postérieure et interne des deux lobes du cervelet, et dans la région a plus immédiatement contiguë des olives bulbaires, on voit des amas de petites granulations comme on en voit dans les plexus choroïdes ventriculaires ; ils se prolongent jusque dans le quatrième ventricule, où on les trouve tapissant sa paroi cérébelleuse. — Rien de particulier dans la couche optique gauche. Le centre gris antérieur de la couche optique droite est plus vasculaire que de coutume ; dans la partie la plus immédiatement *sous-jacente au centre gris olfactif*, on voit une petite tache lie de vin, due à un épanchement globulaire et une dépression correspondante. Il existe une lacune dans la *partie moyenne*. Elles ont chacune au plus un millimètre et demi de diamètre. (*Observation inédite communiquée* par M. le Dr. Aug. Voisin.)

OBS. XXVI. — Femme D.., 75 ans. Démence, anciennes hallucinations, peurs. Sérosité arachnoïdienne abondante. Artères du cerveau athéromateuses. Hypervascularisation des deux hémisphères. *Couches optiques* : deux larges hiatus vasculaires, très-grand état de congestion des deux couches optiques, sauf dans les centres gris antérieurs. (Aug. Voisin, *Obs. inédite.*)

OBS. XXVII. — Femme B..., 37 ans, entre à la Salpêtrière, le 14 mars 1873. Alternatives d'agitation maniaque et de dépression mélancolique. Hallucinations terrifiantes. Elle voyait un aigle d'une grandeur énorme et d'autres oiseaux énormes ; elle voyait venir l'aigle sur elle ; elle dit qu'elle l'a senti dans son ventre ; elle se dit empoisonnée. Morte le 12 mars 1873. A l'autopsie, on constate l'anémie très-prononcée des circonvolutions cérébrales ; mais la *couche optique droite,* ainsi que la circonvolution pariétale correspondante sont fortement hyperémiées ; il y a comme une arborisation vasculaire s'étendant de la couche optique droite à la substance corticale de la deuxième circonvolution pariétale droite. (Aug. Voisin, *Obs. inédite.*)

OBS. XXVIII. —Femme W..., 62 ans. Entrée à l'hospice de la Salpêtrière, le 25 mai 1861, décédée le 9 janvier 1871. Délire des persécutions ; hallucinations de la vue et de l'ouïe ; on lui dit des injures, hallucinations de la sensibilité générale : elle sent des courants d'air ; on lui jette sur tout le corps une espèce d'ingrédient qui la brûle. A l'autopsie, on trouve une néomembrane, tapissant la dure-mère ; la substance grise et la substance blanche des circonvolutions sont le siége d'arborisations et d'un piqueté très-notable.

Couche optique droite congestionnée par points, en d'autres plus pâle ; elle est traversée par un vaisseau dilaté, qui est oblitéré par un caillot. Sur le plancher du quatrième ventricule et sur une section du bulbe perpendiculaire au sillon, on observe une injection très-vive ; de plus, les racines des nerfs auditifs sont très-développées et saillantes. (Aug. Voisin, *Obs. inédite.*)

Obs. **XXIX.** — Femme R..., 44 ans. Entrée à la Salpêtrière, le 7 octobre 1867, morte le 25 janvier 1871. Antécédents alcooliques ; folie congestive ; hallucination de la vue, de l'ouïe et de la sensibilité générale ; elle voit des diamants et des pierreries au plafond, voit et entend sa sœur ; on lui donne des coups, etc. A l'autopsie, on trouve une néomembrane arachnoïdienne. Dans le *tiers postérieur des deux couches optiques,* on voit un groupe d'ouvertures de vaisseaux dilatés, et rien dans le reste de ces mêmes couches. (Aug. Voisin, Obs. inédite.)

Obs. **XXX.** — Femme At..., 32 Aliénation caractérisée par des hallucinalions de l'ouïe, de l'agitation maniaque, et, finalement par de l'incohérence et de la démence. La *moitié postérieure de la couche optique droite,* offrait un piqueté vasculaire très-notable et des pertuis de vaisseaux, trois à quatre fois plus larges que normalement. (Aug. Voisin, Études d'histologie pathol. sur la folie simple, 1872, p. 5.)

Obs. **XXXI.** — Vic..., L...,70 ans. La folie datait de longtemps. Il y eut d'abord des hallucinations de l'ouïe, puis des idées de persécution et enfin de l'incohérence. Altérations calcaires des artères. Taches vert-de-gris, au nombre de 30 à 40, à la surface des circonvolutions frontales et pariétales seules. *Couche optique droite* : une coupe antéropostérieure y faisait découvrir une lacune qui pouvait loger une lentille. (Aug. Voisin, id., p. 8.)

Obs. **XXXII.** — L..., 73 ans. Hallucinations de l'ouïe très-intenses, surdité très-grande ; elle entend cependant un peu de l'oreille droite. Altération de l'odorat : elle prend le poivre pour le tabac ; ne reconnaît pas le premier au goût. Agitation continue.

Autopsie. — Dégénérescence calcaire des artères de la base du cerveau. Une quinzaine de taches de vert-de-gris, dues à des amas de pigment dans les vaisseaux, sur la partie la plus supérieure des circonvolutions frontales et pariétales. La *couche optique droite* présente des lésions diverses : le centre antérieur est plus élevé qu'à gauche et présente à sa partie antérieure un collier de vaisseaux fortement turgides ; a la partie médiane de la couche optique, on remarque une petite tache rouge correspondant à une dépression ; à sa partie postérieure, on voit deux autres taches rouges, mais plus petites que la précédente ; à ces taches, on voit aboutir les vaisseaux. (Aug. Voisin, Obs. inédite.)

visions; — celle du centre médian, les hallucinations de la sensibilité générale; — celle du centre postérieur, les hallucinations de l'ouïe; — enfin, l'irritation de la substance grise centrale, les fausses sensations viscérales.

Tel est donc le mécanisme physiologique du phénomène hallucinatoire, qui n'est point un processus de nouvelle formation, si je puis m'exprimer ainsi, mais qui doit être considéré comme une perturbation fonctionnelle des appareils sensoriels et, en particulier, de la partie de ces appareils destinée à recevoir les impressions externes et à les rendre perceptibles.

La théorie physiologique de l'hallucination, exposée dans ce travail, rend très-bien compte des deux phénomènes essentiels qui entrent dans la composition du système hallucinatoire : l'un, sensoriel, est dû à l'irritation des centres de la couche optique; l'autre, psychique, à l'irritation consécutive des cellules de la couche corticale du cerveau. Ces deux phénomènes se suivent et sont indissolublement unis; sans l'irritation de la couche optique, il n'y a que le travail automatique des cellules cérébrales, c'est-à-dire du délire, des aberrations mentales qui n'ont aucun substratum sensoriel. Aussi ne pouvons-nous admettre les hallucinations psychiques décrites par certains auteurs et qui doivent être considérées comme un genre de délire.

Avec cette théorie on s'explique aussi la persistance des hallucinations, même après la destruc-